COMO É PARA VOCÊ?

OBRAS DA AUTORA PUBLICADAS PELA EDITORA RECORD

Como Sophie Kinsella

Amar é relativo
O burnout
Como é para você?
Fiquei com o seu número
Lembra de mim?
A lua de mel
Mas tem que ser mesmo para sempre?
Menina de vinte
Minha vida (não tão) perfeita
A penetra
Samantha Sweet, executiva do lar
O segredo de Emma Corrigan
Te devo uma

Juvenil
À procura de Audrey

Infantil
Fada Mamãe e eu

Da série Becky Bloom:
Becky Bloom — Delírios de consumo na 5ª Avenida
O chá de bebê de Becky Bloom
Os delírios de consumo de Becky Bloom
A irmã de Becky Bloom
As listas de casamento de Becky Bloom
Mini Becky Bloom
Becky Bloom em Hollywood
Becky Bloom ao resgate
Os delírios de Natal de Becky Bloom

Como Madeleine Wickham

Drinques para três
Louca para casar
Quem vai dormir com quem?
A rainha dos funerais

SOPHIE KINSELLA
COMO É PARA VOCÊ?

Tradução de
Adriana Fidalgo

1ª edição

EDITORA RECORD
RIO DE JANEIRO • SÃO PAULO
2025

CIP-BRASIL. CATALOGAÇÃO NA PUBLICAÇÃO
SINDICATO NACIONAL DOS EDITORES DE LIVROS, RJ

K64c   Kinsella, Sophie
          Como é para você? / Sophie Kinsella ; tradução Adriana Fidalgo.
          - 1. ed. - Rio de Janeiro : Record, 2025.

          Tradução de: What does it feel like?
          ISBN 978-85-01-92342-4

          1. Romance inglês. I. Fidalgo, Adriana. II. Título.

24-95235   CDD: 823
                            CDU: 82-31(410.1)

Gabriela Faray Ferreira Lopes - Bibliotecária - CRB-7/6643

Título original:
What Does it Feel Like?

Copyright © Madhen Media Ltd 2024

Texto revisado segundo o Acordo Ortográfico da Língua Portuguesa de 1990.

Todos os direitos reservados. Proibida a reprodução, no todo ou em parte, através de quaisquer meios. Os direitos morais da autora foram assegurados.

Direitos exclusivos de publicação em língua portuguesa somente para o Brasil adquiridos pela
EDITORA RECORD LTDA.
Rua Argentina, 171 – Rio de Janeiro, RJ – 20921-380 – Tel.: (21) 2585-2000, que se reserva a propriedade literária desta tradução.

Impresso no Brasil

ISBN 978-85-01-92342-4

Seja um leitor preferencial Record.
Cadastre-se no site www.record.com.br e receba informações sobre nossos lançamentos e nossas promoções.

Atendimento e venda direta ao leitor:
sac@record.com.br

Para Henry

Antes

Como escrever um livro

— E agora — diz a simpática entrevistadora da revista *Modern Woman*. — Como é, para você, estar escrevendo seu sétimo livro?
— É maravilhoso — mente Eve. — Eu me sinto muito empolgada por estar trabalhando nele, e não vejo a hora de compartilhá-lo com todos os meus leitores.
É um pesadelo. As palavras estão entaladas há semanas, e não sei o que estou fazendo. Tudo parece pomposo demais; tudo parece sem sentido. Por que eu quis ser escritora mesmo?
— Você pode nos contar algo sobre ele? — sonda a entrevistadora.
— Posso. É a longa saga de uma família de sobrenome Wilson, ambientada em uma grande casa de campo, entre guerras.

— Parece maravilhoso!

— Obrigada — agradece Eve, reticente.

— Estamos na maior ansiedade para ler! E, agora, sei que nossos leitores vão querer perguntar: você tem algum conselho para aspirantes a escritor?

— Sim — diz Eve, que respondeu àquela pergunta cerca de vinte e cinco mil vezes e, portanto, aperfeiçoou sua resposta. — Tenho, sim. Meu conselho é que você escreva o livro que gostaria de ler. Imagine-se entrando numa livraria e encontrando o livro perfeito. O livro que você compraria logo de cara. Como ele é? Sobre o que é? Qual é o gênero? Esse é o livro que você deve escrever. E, acima de tudo, escreva a verdade. Escreva o que você sabe, e seja convincente. Não estou falando de escrever não ficção — explica. — O que eu quis dizer é: escreva a verdade sobre a vida, qualquer que seja o gênero.

— Esse é um conselho muito sábio. E agora — diz a entrevistadora —, passando para a vida pessoal, você tem cinco filhos! Como é que consegue escrever?

— Eu tenho um marido incrível — responde Eve, sendo sincera. — Eu não conseguiria sem ele. Por exemplo, hoje ele levou as crianças a um piquenique para que eu pudesse escrever.

— Que maridão!

— Ele é. E nós trabalhamos em equipe. Quer dizer, a gente não para. É um corre-corre danado. Mas foi

uma decisão nossa ter uma família grande, e nós a amamos.
— Muito obrigada — agradece a entrevistadora.
— Chegamos ao fim da nossa entrevista. Obrigada mesmo, e boa sorte com o novo livro.
— Eu é que agradeço — responde Eve. — Tenha um bom dia!
Ela desliga o telefone, deixa escapar um suspiro de desânimo e olha sem entusiasmo para a tela do computador.
De volta à escrita. A casa está vazia; ela não tem desculpa. O problema é que perdeu o entusiasmo que sentia pelo enredo, e ainda faltam oitenta mil palavras.
O problema é que não ligo mais para os idiotas dos Wilson, reflete Eve melancolicamente. *Não estou nem aí se o Sr. Wilson perder o emprego, e não quero nem saber se Harriet Wilson vai ficar com o cavalariço, ou se a Grã--Bretanha vai entrar na guerra.*
Ela cogita fazer um café... então repensa. Talvez seja melhor sair de casa para tomar um café em algum lugar e buscar inspiração por lá.

Ao fechar a porta de casa, Eve se sente imediatamente mais leve. *Pronto.* Só precisava de um pouco de ar fresco. Ela segue pela calçada, aproveitando o sol e as sedutoras vitrines das lojas. Está quase em

Wimbledon Village, a badalada rua principal com cafés e lojas chiquérrimos em ambos os lados da rua, e...

Ai, meu Deus.

Ela para diante de uma boutique da qual era frequentadora assídua. Na vitrine há apenas uma manequim de vestido, e, quando Eve olha para ele, seu coração dá um salto.

Não é uma peça qualquer, é um vestido prateado, divino e mágico, feito de seda marrom-acinzentada com lantejoulas prateadas. Das alças de contas à pequena e delicada cauda, é perfeito. Um vestido digno de um Oscar. Cairia como uma luva. Ela simplesmente *tem* de experimentá-lo.

Os Wilson e sua casa de campo em ruínas somem de sua mente enquanto ela se aventura pela loja e pede para experimentar o vestido de lantejoulas prateado.

— Claro — diz a vendedora, tirando-o do manequim. — É da Jenny Packham. O último. Lindo, não? Qual é a ocasião?

Ah, Deus, pensa Eve. *O que estou fazendo?* Ela não tem nenhuma festa glamourosa para ir. Quando usaria algo assim?

Ela não tem uma resposta. Simplesmente sabe que precisa experimentá-lo.

— Não tem nenhuma ocasião — responde Eve. — Só é um vestido fabuloso.

Uma oportunidade vai surgir, ela tem certeza.
Enquanto entra no vestido, ela já sabe que vai levá-lo, e está prestes a pedir ajuda com o zíper quando seu celular toca. Ah, Deus, é Nick. Ela deveria estar escrevendo e, em vez disso, está experimentando um vestido do qual não precisa.

— Alô? — Ela atende, ciente de que já soa culpada.

— Querida, desculpa incomodar quando você está escrevendo — diz a voz familiar. — Só fiquei me perguntando como estariam as coisas, e se você gostaria que eu continuasse fora de casa com as crianças mais um pouco?

— Não, você não incomoda — responde ela, a voz um pouco estridente. — Eu estou... Na verdade, dei uma saída para me inspirar.

— Ótimo! — exclama o marido inocente, e Eve ruboriza. Agora ela se sente mal. Mas é um vestido *tão* lindo. — Tá bom, não vou te distrair — continua ele. — Boa sorte! Até mais tarde.

Eve vai para a área principal da loja e a vendedora exclama.

— Você está incrível! *Precisa* encontrar uma ocasião para usá-lo.

— Se comprar o vestido, a oportunidade vai surgir — diz Eve, de um jeito místico. — É no que acredito, pelo menos.

— Então você vai comprar?

— Acho que sim. Pode fechar o zíper para mim, por favor?
Enquanto a vendedora fecha o zíper, Eve sabe que vai comprá-lo. Ao mesmo tempo, a culpa a atormenta, porque "comprar vestido" definitivamente não estava em sua lista de tarefas do dia. Sua lista de tarefas tinha apenas uma coisa: "escrever livro". Ela tem um prazo e uma editora à espera, sem falar nos seus leitores fiéis.

Depois que tira o vestido, enquanto a vendedora o embrulha em papel de seda, Eve abre o texto em que está trabalhando no celular e corre os olhos por ele. Ela odeia cada palavra. Então abre sua última fatura do cartão Visa. Também não está muito feliz com aquilo. Como pode ter gastado tanto? Nem fez compras recentemente. Ela rola a página para baixo e para cima, depois para baixo de novo, tentando descobrir por que gastou 39 libras na Fortnum & Mason. Ela nunca vai à Fortnum & Mason.

E, então, algo estranho acontece. Suas próprias palavras retornam, em alto e bom som dentro de seu cérebro.

Escreva o livro que gostaria de ler. Escreva a verdade sobre a vida, qualquer que seja o gênero. Escreva o que você sabe, e seja convincente.

O que estaria interessada em ler? O que ela sabe? Quais são as verdades que aprendeu sobre a vida?

Uma ideia novinha em folha para um livro lhe ocorre, e é tão original e instigante que ela abre um novo arquivo no telefone e começa a digitar rapidamente, tentando registrar o conceito antes que o esqueça. Ela vai seguir o próprio conselho. Vai escrever a verdade. Vai escrever o livro que ela mesma adoraria ler. Vai escrever sobre o que sabe.

Ei, Perdulária, de Eve Monroe
Capítulo Um

Ok. Não entra em pânico. Ao contemplar a fatura do cartão Visa, Dora Delaney sentiu que passava pelos estágios do luto. Choque, raiva, negação, barganha e, eventual e muito relutantemente, aceitação.

Poderia ser pior, pensou ela, enquanto examinava com tristeza a tela de seu telefone. Dívidas são apenas parte do ciclo da vida, como arte ou tai chi, e devem ser aceitas como tal. Mas ela realmente havia gastado 99,50 libras na Sephora? O que tinha na cabeça? E o que eram aquelas 45 libras na North Face? Ela nunca ia à North Face. Estava com amnésia?

Espera um pouco, será que alguém havia roubado seu cartão de crédito?

Eve expira, pressiona "Salvar", em seguida relê as palavras com crescente euforia. Assim é bem melhor.

Escreva sobre o que você conhece. Um livro sobre compras em Londres, não uma tediosa saga no campo. Ela já está pensando nos próximos passos: mapeando os capítulos, imaginando os diálogos, rindo das piadas. Vai ser divertido escrever esse livro. *Divertido.* E ela ansiosa para começar. Deixa para lá os idiotas dos Wilson e seus vestidos mídi floridos e modos reprimidos da alta classe. Ela quer escrever algo *real* e *atual*.

— Você quer um exemplar do nosso catálogo? — pergunta a vendedora, pacientemente à espera de que Eve terminasse.

— Quero, por favor, por que não? — diz Eve, e ela sente uma onda de certeza dentro de si. Seu novo livro vai funcionar. A ocasião para um vestido brilhoso vai surgir. E aquele sempre será seu vestido da sorte, o vestido que usava quando teve sua ideia novinha em folha.

— Precisa de mais alguma coisa? — pergunta a vendedora. — Sapatos? Uma echarpe?

— Não, obrigada — agradece Eve, com um sorriso angelical e pegando o cartão de crédito. — Tenho tudo de que preciso.

Cara Eve,

Muito obrigada pelo manuscrito de *Ei, Perdulária*. E, antes de mais nada, me permita dizer: uau! Que guinada na sua carreira! Adoro a comédia, Dora é hilária e tudo parece muito original e contemporâneo.

Compartilhei o manuscrito com alguns integrantes da equipe, e todos estão tão empolgados quanto eu. Parabéns! Estou ansiosa para conversar sobre como publicaremos esse livro maravilhoso. Enquanto isso, parabéns de novo!

Camilla Gray
Editora

Cara Eve,

Só quero reiterar o que a Camilla disse — adorei o livro e não vejo a hora de começar a bolar ideias para a divulgação. Esse vai ser divertido! E Camilla acabou de me contar que a Disney comprou os direitos de adaptação do livro — parabéns!

Já estamos avaliando algumas parcerias divertidas com lojas de roupa e talvez um evento ou dois. Você toparia? Enquanto isso, a *Country Woman* perguntou se você participaria da seção fixa, "Eu e Meu Matrimônio". É para ser um artigo bem-humorado, e seria uma entrevista sobre seu casamento, feita por e-mail ou telefone, o que for mais conveniente para você. Me avise se estiver tudo bem.

Mais uma vez, parabéns por *Ei, Perdulária* e um brinde a um triunfo editorial — e ao filme!

Chloe Jarrett
Diretora de Marketing e Imprensa

Country Woman

EU E MEU MATRIMÔNIO

Eve Monroe é autora dos romances *Bem na hora*, *Emparelhados* e *Ei, Perdulária*, seu próximo lançamento. É casada com Nick e os dois têm cinco filhos: John, Leo, Arthur, Reggie e Isobel.

Onde e quando você conheceu seu marido?
Nós nos conhecemos na minha primeira noite em Oxford, em uma festa. Não tivemos nada logo de cara, mas em poucos meses começamos a namorar.

Quando você se apaixonou?
Ouvi Nick cantar em um show e foi isso, não tinha mais volta. A voz incrível dele me deixou impressionada e eu simplesmente precisava ficar com ele. Então fui atrás dele descaradamente e consegui fazê-lo se interessar por mim. Estamos juntos desde então.

Vocês tiveram uma grande festa de casamento?
Eu só tinha 21 anos e era super-romântica, então tivemos uma grande festa, com muita música, e usei um lindo vestido de noiva modelo princesa.

Qual é a melhor qualidade dele?
Ele tem uma risada potente e gostosa. É meu primeiro leitor e, sempre que está lendo um livro novo meu, fico de um lado para o outro no andar de baixo, torcendo para ouvir a risada dele.

Sobre o que vocês discutem?
Bagunça. Eu acumulo coisas demais, e Nick ficaria muito feliz se a casa fosse uma caixa vazia.

Ele a apoiaria se as coisas ficassem difíceis?
Com certeza. Não consigo imaginar ninguém que eu preferisse ter ao meu lado do que Nick.

O que você deseja para o futuro?
Uma vida longa e feliz juntos!

Eve aperta "Enviar" e a entrevista desaparece no éter, mas as lembranças e os pensamentos permanecem. Ela tinha apenas 18 anos quando conheceu Nick, recém-chegada a Oxford. Na primeira noite do semestre, foi a uma festa e lá estava ele: um tipo alto, interessante e atraente. Ela o notou, mas a animação de estar na universidade a distraiu, e aquilo foi tudo, num primeiro momento.

Até o show na Páscoa. A voz de Nick ao se apresentar já foi charmosa o suficiente; mas, então, ele começou a cantar, e sua voz parecia ouro maciço. Iluminada, com muito alcance e muita potência. Pronto. Ela estava entregue.

É possível discernir a índole da pessoa pela voz? Eve acredita que sim. Ela acredita que ouviu a integridade de Nick destilada naquela melodia. Sua bondade, sua honestidade, seu senso de diversão, seu senso de humor. Tudo.

Então ela pôs em ação um plano para conquistá-lo. Conseguia convites para festas, esbarrava com ele estrategicamente no pátio, pedia ajuda a amigos. Ela acabou em um sofá com ele uma noite, chegando mais e mais perto, até que Nick realmente não teve escolha a não ser beijá-la. E, então, eles ficaram.

Agora ela quer que aquela seja a voz que vai ouvir quando morrer.

No topo do mundo

— Ok, então esta é sua pose para o tapete vermelho — explica Brenda, a assessora de imprensa do filme de Eve. — Pernas cruzadas, mão no quadril, cotovelo aberto, queixo erguido.

— Certo — diz Eve, observando a si mesma no espelho.

Ela está com o reluzente vestido Jenny Packham — *sabia* que um dia precisaria dele — e diamantes brilham em suas orelhas, cortesia dos brincos emprestados pela Boodles. No braço, uma pulseira que vale 80 mil libras. Ela não tem certeza se conseguirá pensar em nada naquela noite, exceto *Não perca a pulseira de 80 mil libras.*

Enquanto ela pratica diferentes poses, sua família se amontoa no mesmo cômodo, todos arrumados e com suas melhores roupas.
— Arthur comeu todo o chocolate do frigobar — relata Leo.
— Você também! — retruca Arthur.
— Eu comi os de brinde dos travesseiros — contradiz Leo. — Você não quis aqueles.
— Quis sim!
— Ok, chega! — diz Eve, depressa. — Sem brigas hoje. Vocês todos estão muito elegantes, por sinal.
— Você também, mãe — comenta John. — Toda bonitona.
— Obrigada, querido. — Ela ri. — Faço o melhor que posso.
— Ok — diz Brenda. — O carro está esperando lá embaixo. Todos prontos? Vamos!

O carro é uma limusine SUV preta e elegante, e, quando a família entra, todos exclamam diante da opulência do ambiente.
— Coca-Cola grátis! — diz Reggie, encantado, pegando uma lata. Eve, que normalmente proibiria refrigerantes, apenas ri.
À medida que se aproximam da Leicester Square, já sentem o clima de animação no ar. Holofotes cortam a noite escura, multidões se reúnem, equipes de

filmagem estão alinhadas ao longo de grades de metal e, mais à frente, um vislumbre do tapete vermelho. É como ver a estrada de tijolos amarelos. Quando Eve olha pela janela, avista Carrie Sanderson, a estrela do filme, toda mignon e perfeita com suas lantejoulas verdes, e sente um novo lampejo de empolgação. Aquilo realmente está acontecendo.

— Aqui estamos! — exclama ela, encarando os filhos boquiabertos. — Vamos nessa!

Com isso, descem da limusine e são habilmente conduzidos até o tapete vermelho por Brenda.

— Eve! — grita Carrie Sanderson, avistando-a e correndo até ela. As duas se abraçam, câmeras disparando por todos os lados, e Eve sente uma onda de incredulidade; ela conhece uma estrela de cinema! Eve sempre se sentiu alta ao lado da pequena Carrie, e agora está com saltos tão altos que se sente uma gigante.

— Nós conseguimos! — Carrie levanta a mão e, enquanto se cumprimentam com um "bate aqui", Eve se lembra dos dias intermináveis no set, das noites, das tomadas após tomadas após tomadas, de reescrever apressada as falas.

Nós merecemos esta festa, pensa ela. Embora, mesmo agora, o trabalho não esteja concluído. Ela não está ali para relaxar, está ali para promover.

Como se lesse seus pensamentos, Brenda aparece ao seu lado.

— Estamos a postos para suas sessões de fotos — avisa ela. — Primeiro você sozinha, Eve, e aí você com a família. Depois você e Carrie, e então vocês duas com o produtor e o diretor, ok?

Eve caminha desajeitadamente para o lugar e começa a lenga-lenga de tentar parecer esbelta para as câmeras enquanto outra onda de incredulidade a invade. Estaria ela, Eve Monroe, realmente posando para as câmeras no tapete vermelho? Seu olhar vai para além das lentes, até as pessoas amontoadas atrás das grades de metal, algumas segurando livros para ela autografar... e ouve o próprio nome sendo chamado, entre todos os outros. É tudo simplesmente bizarro.

Agora os operadores de câmera estão gritando por ela.

— Eve, aqui!

— Eve, querida, deste lado!

Os flashes quase a cegam, e ela se agarra desesperadamente à postura rígida, tentando fazer ângulos lisonjeiros com os quadris e os braços, desejando ter praticado mais diante do espelho.

— Agora — diz Brenda, ao seu lado mais uma vez. — Uma com toda a família. As pessoas querem ver seu marido e os cinco filhos.

Eve sabe que há interesse em sua prole. Cinco filhos. É muito, hoje em dia. É uma pauta. "Como é, para você, ter cinco filhos?", perguntam as pessoas, e tudo o que ela consegue dizer é: "É o mesmo que ter um filho só, mas multiplicado por cinco." O trabalho é multiplicado, a preocupação é multiplicada, a alegria é multiplicada, o amor é multiplicado.

Enquanto os filhos se reúnem ao seu redor, Eve abre sorrisos encorajadores para todos eles.

— Agora, todos finjam que somos uma família normal e bacana — diz ela, citando uma placa cômica que está pendurada na cozinha, e então fuzila com o olhar Reggie, de 9 anos. — E Reggie, *nada* de caretas ou chifrinhos. Postura! Sorriam!

— Aqui! — Os fotógrafos começam a gritar. — Crianças! Olhem para cá. Eve, para a sua direita, por favor! Eve! Eve!

Sua família a deixou orgulhosa, pensa com carinho, os meninos de terno e Isobel com um lindo vestido e sapatos Mary Janes prateados. De qualquer forma, aquilo será algo para ela mostrar na escola.

— Agora a ITN gostaria de falar com você — diz Brenda em seu ouvido, quando as fotos terminam. — Venha por aqui.

Brenda a guia até uma equipe de filmagem, e Eve a segue, tentando manter a pose de tapete vermelho, só para o caso de ser fotografada. Ela encaixa a mão no quadril, mantém as pernas cruzadas e arrasta os pés desajeitada, como um caranguejo, se perguntando como diabos as estrelas de cinema conseguem andar naturalmente.

— Eve! — Uma apresentadora de TV loira a cumprimenta, segurando um microfone e acenando para uma equipe de filmagem. — Antonia Horton, da ITN. Como é, para você, ter seu livro adaptado para um grande filme de Hollywood?

— Eu me sinto num sonho — responde Eve. — É tudo simplesmente incrível e surreal.

— E você está feliz com o filme?

— Muito feliz. Eu acho a Carrie hilária.

— Você também esteve no set, certo?

— Sim, por alguns meses. Foi intenso!

— Que experiência! E todos os seus filhos também estão aqui... então, posso perguntar a você, Eve Monroe, autora de best-sellers, como é, para você, ter tudo isso? A carreira estelar, os cinco filhos e agora um filme!

Eu me sinto uma pessoa de sorte, pensa Eve de imediato. *Eu me sinto hipermegassortuda, o tempo todo.*

Claro que ela trabalha arduamente — mas também tem total consciência de sua sorte. Ela tem sorte de ter conhecido Nick. Tem sorte de ter sido fértil e tido filhos. Ela tem sorte de conseguir escrever. Tem sorte de seu cérebro ter surgido com a ideia certa, na hora certa, e ela ter escrito *Ei, Perdulária*.

Muito bem, cérebro brilhante, pensa — então toma fôlego para responder.

— Eu tenho tido tanta sorte, que quase parece sorte demais para uma pessoa só — responde, com sinceridade, a Antonia Horton. — Agora só estou esperando minha sorte acabar!

Depois

Está sentindo isto?

Mãos se aproximam de seu corpo, com luvas de plástico azul, e percorrem seus braços suavemente, para cima e para baixo.

— Está sentindo isto? — pergunta uma voz incorpórea.

Ela está deitada em uma cama, percebe. *O que está acontecendo?*

— Você se lembra do seu nome?

Ela tenta se concentrar e eventualmente consegue olhar para o rosto de uma enfermeira de uniforme verde.

— Meu nome é Eve Monroe — responde ela, lenta e cautelosamente. Sua voz soa distorcida e indistinta, e sua cabeça dói. Ela leva a mão à testa para coçá-la, e encosta em uma bandagem macia, que parece envolver toda a sua cabeça. De novo: *O que está acontecendo?*

— Lembra que dia é hoje? — indaga a enfermeira.

— Segunda-feira? — Chuta, sem convicção.

— Quarta-feira. Você se lembra de em que ano estamos? Lembra o nome do primeiro-ministro?

— Estamos em 2022 — responde ela —, e o primeiro-ministro é... — Ela vasculha sua mente sem sucesso. O primeiro-ministro. O primeiro-ministro. — Hugh Grant — diz por fim, triunfante, então se corrige. — Não, ele foi há séculos, não foi? É uma mulher agora. Mas não consigo me lembrar direito do nome.

— É Rishi Sunak — diz a enfermeira gentilmente. Certo. Claro. Rishi Sunak.

— Agora, me diga. Está sentindo minhas mãos esfregando suas pernas?

— Sim — afirma ela.

— Dos dois lados ou apenas de um?

— Dos dois — responde ela.

— Ótimo. Consegue apertar minha mão?

— Consigo.

— E com a outra mão?

Obedientemente, Eve aperta.

— Você consegue levantar sua perna e pressioná-la contra minha mão?

— Acho que sim — diz Eve, levantando a perna, e se perguntando por que parece tão pesada.

— E a outra... Ah, que bom, você é forte. Vai estar de pé logo, logo. Mas ainda não. Ainda está com um cateter, então não se preocupe com isso.

— Ok — diz ela, sem saber o que aquilo significa. Uma grande parte de sua memória está em branco. Por que está ali? O que aconteceu? Ela sofreu um acidente de carro?

— Ok, daqui a pouco vejo você de novo — diz a enfermeira. — Você está se alimentando bem?

— Sim, ela está. — Uma voz masculina soa acima de sua cabeça. Seu marido, Nick, ela se dá conta. — Mas ela parece bastante confusa. É como se estivesse com amnésia.

— Não se preocupe — tranquiliza a enfermeira. — Pode ser algo transitório. Avise ao médico, caso o sintoma persista. Mas daqui a pouquinho ela deve começar a se lembrar das coisas naturalmente.

— Nick, não consigo mexer a cabeça — diz Eve, com uma voz que soa embargada e ressequida. — Pode se sentar onde eu possa te ver?

— Claro. — Ele aparece e se senta na cama do hospital, e ela relaxa um pouco.

— Eu não estou bem?

— Não — responde ele. — Você passou por uma cirurgia. Mas agora está se recuperando. Você está se saindo muito bem.

— Eu achei que Hugh Grant fosse o primeiro-ministro — diz ela, com tristeza. — Como eu pude ser tão burra? Sei que ele é o secretário de Relações Exteriores... Isso foi uma piada — acrescenta, e Nick ri.

— Você já tem muito com que se preocupar — argumenta ele. — Deixa isso para lá.

— Que tipo de cirurgia eu fiz?

— Você removeu uma massa do cérebro.

— Uma massa?

— É, uma massa, bem grande. Você viu na imagem de uma ressonância, lembra? Nós vimos juntos, no consultório do cirurgião.

— Não — diz ela, vasculhando o cérebro. — Não, eu não lembro. Quando diz massa, você quer dizer... — Ela se interrompe quando a ficha cai. — Você quer dizer um tumor?

— É, um tumor — repete ele, após uma pausa. — Levou oito horas para remover. Mas eles tiraram tudo, o que é uma ótima notícia.

— Que... — Ela engole em seco. — Que tipo de tumor?

Há uma pausa carregada, então Nick diz:

— Ninguém sabe ao certo ainda. Está sendo analisado.

— Certo — diz ela. — Para ver se é... — E, então, ela para de falar.

Palavras começam a pairar em seu cérebro, como num descanso de tela de computador: termos médicos dos quais ela vacila só de pensar. *Benigno. Maligno. Câncer.*

Mas ela não reproduz nenhuma delas em voz alta. Está entorpecida, percebe. Não consegue refletir, não consegue fazer mais perguntas, não consegue se preocupar, não consegue contemplar, não consegue processar. Ela não consegue sentir coisa alguma.

Eles removeram uma massa do seu cérebro e aquilo levou oito horas. Como pôde levar oito horas?

Ela sonda suas emoções novamente. Ainda nada.

Choque, pensa. *Estou em choque. Deve ser isso.*

— Toc-toc! — diz uma voz animada e lá vem outra enfermeira, dessa vez de uniforme azul. — Só um exame rápido — avisa. — Você está sentindo isto? — Ela passa as mãos para cima e para baixo nos braços de Eve. — E isto? E isto? Muito bem, você está em ótima forma!

— Estou? — pergunta Eve, extremamente grata pela afirmação.

— Ah, sim, você está indo muito bem!

Por fora, ela está sentindo tudo, pensa Eve. Sente as enfermeiras fazendo cócegas em seus braços, batendo em suas pernas e acariciando suas mãos. Mas, por dentro, onde realmente importa, ela não sente nada:

nem medo, nem preocupação, nem ansiedade. Não há nada ali, exceto aqueles termos médicos impessoais, ainda pairando por aí, não importa o quanto ela tente evitá-los.

Ela se deita e encara o teto branco do hospital, enquanto as palavras giram e giram em sua cabeça. *Benigno. Maligno. Câncer.*

Talvez, caso se concentre bastante, consiga fazer uma delas se tornar realidade. Ela pode influenciar o resultado. Como uma mentalização. Ou uma oração.

Benigno. Benigno. Benigno, pensa, usando cada uma das células de seu cérebro. *Por favor. Por favor. Por favor.*

Como caminhar com um andador

Eve não consegue entender. O que está acontecendo?
 Ela está ereta, segurando duas barras de metal, e a cabeça gira como se tivesse bebido seis margaritas. Ela levanta uma das mãos até a cabeça e encosta em uma bandagem macia. Por que sua cabeça está toda enfaixada?
 — Andador, passo, passo — instrui a voz de uma mulher à esquerda. Eve tenta olhar em volta, mas sua cabeça gira, e ela fica com a sensação de que vai cair. Ela se agarra com mais força às barras de metal, se perguntando o que fazer.
 — Estou tonta — diz ela, enfim, sem saber com quem está falando. — Desculpa, quem é você? Parece que estou com alguns problemas de memória.

— Eu sou Yuliya, sua fisioterapeuta — diz uma jovem, entrando em seu campo de visão. — Estamos fazendo uma sessão de fisioterapia, e você está indo muito bem. Agora vamos tentar dar um passo com o andador novamente. Mova o andador primeiro, depois vá para a frente. Andador, passo, passo.

Reunindo todas as suas forças, Eve move o andador para a frente e consegue dar um passo com pernas que parecem de chumbo.

— Eu andei no tapete vermelho — comenta ela, tendo uma súbita lembrança. — Anos atrás. Com saltos muito altos. Também foi difícil.

Por que ela estava no tapete vermelho?, se pergunta. Ela deve ter ido assistir a algum filme.

— É isso aí — diz Yuliya. — Algum dia você vai andar no tapete vermelho de novo. Consegue virar a cabeça e olhar por cima do ombro?

Eve tenta mover a cabeça, mas o movimento causa um acesso de tontura e náusea.

— Não — responde ela, com desespero. — Não consigo mover a cabeça de jeito algum. Olha, desculpa, mas o que tem de errado comigo? Por que estou fazendo isso? Minha memória não está lá essas coisas.

— Você fez uma cirurgia no cérebro — explica Yuliya. — Consegue se lembrar disso?

— Não — diz Eve, em pânico. — Por que eu fiz uma cirurgia no cérebro?

— Você retirou um tumor. Uma cirurgia bem-sucedida, tudo certo. E agora estamos te deixando forte de novo. Você vai andar melhor, seu equilíbrio vai ficar melhor, tudo vai ficar melhor. Pense positivo. Ok?

— Ok — ecoa Eve obedientemente. Pensar positivo. Ela pode fazer aquilo.

— Agora você segura minhas mãos, tudo bem? E vamos caminhar sem o andador. Pé esquerdo, pé direito. Passo, passo, passo, muito bom. Passo, passo, passo, continue.

— Eu não consigo — diz Eve, entre dentes. — Estou tão *tonta*. Vou cair.

— Não se preocupe, eu estou aqui. Você não vai cair. Mas ok, talvez a gente esteja indo rápido demais. Agora vamos usar o andador de novo. Está cansada? Só pense naquele tapete vermelho! Andador, passo, passo. Andador, passo, passo.

Eve sente como se estivesse arrastando dois sacos de carvão pelo chão. O que há de errado com as suas pernas?

— Agora vamos parar. Você consegue tirar as mãos do andador?

— O quê, ficar de pé sozinha? — O feito parece impossível. Impensável. Ela tira uma das mãos da barra de metal, mas não ousa soltar a outra, caso caia.

De repente, ela se lembra de seus filhos como criancinhas adoráveis, dando seus primeiros passos com andadores de madeira cheios de blocos; o que a leva a um novo pensamento. Onde estão as crianças?

— As crianças — diz, em uma espécie de pânico ofegante, agarrando o andador novamente.

— Crianças? — pergunta Yuliya.

— Tenho cinco filhos. Onde estão? — Ela está com a mesma sensação que costumava ter em supermercados, olhando ao redor, percebendo que o bebê se enfiou em algum canto, temendo por sequestradores, imaginando o pior cenário possível.

Mas eles não são mais crianças, lembra. Eles têm... Quantos anos têm? Vamos lá, ela sabe a resposta...

John, o mais velho, tem... 21 anos. Isso. E Isobel, a mais nova, tem 10.

Ela se lembra da idade dos filhos, mas ainda não entende muito bem por que está de pé no corredor de um hospital, aprendendo a andar de novo. Toda a sua vida parece fragmentada, como um caleidoscópio.

— Estão todos bem. Eles mandam beijos. — É a voz do Nick, mas ela não consegue virar a cabeça para vê-lo.

— Por favor, pode ir para onde eu consiga te ver? — pergunta ela, e em um segundo ele surge, o rosto sorridente tão familiar e lindo que os olhos de Eve se enchem de lágrimas. Ele estava ali o tempo todo? — Estou hospitalizada — diz ela, só para ver se entendeu direito. — Eu tinha um tumor cerebral — acrescenta, com uma nova onda de recordações.

— É. Você está no hospital e tinha um tumor cerebral, mas ele foi removido.

— As crianças não podem me visitar?

— Elas te visitaram — responde ele, com cautela. — Não lembra?

Eve sente como se estivesse enlouquecendo.

— Sim — mente. — Claro que lembro. Eu não ia me esquecer de ter visto as crianças. — Ela encontra o olhar do marido. Ele não parece convencido. — Não consigo andar — diz ela. — Que loucura.

— Consegue, sim! Você está melhorando muito.

— Isso é uma melhora? — rebate ela, tentando esconder o quão horrorizada se sente. — Meu Deus.

— Você está tendo uma evolução excepcional. — Ele se aproxima e a abraça apertado. — Está muito mais forte do que antes.

— Isso é uma maratona, não um sprint — interrompe Yuliya, com um aceno de cabeça. — Você está progredindo a cada dia. Parabéns!

— É como quando você escreve seus livros — argumenta o marido, apertando a mão dela. — Você chega lá aos poucos. Capítulo por capítulo.

Seus livros. O pensamento toma a mente de Eve como um tsunami. Ela escreve livros. Todas as palavras, os títulos de capítulos, as edições, os best-sellers. Claro. Ela fez tudo aquilo. Parece algum tipo de milagre.

— Eu escrevo livros — diz ela, em voz alta, num tom lento e espantado, quase como se estivesse lembrando a si mesma. — Escrevo livros e tive um tumor cerebral e caminho com um andador.

— É mais ou menos isso — diz Nick, rindo.

— Ok.

Por um instante, ela deixa os pensamentos se acalmarem. Mais uma vez, lágrimas se acumulam, ardendo no fundo dos olhos, mas ela engole em seco de novo e de novo, determinada a não deixar uma única gota cair. Ela está onde está, por mais bizarro que pareça. E só há uma saída. Só há uma opção. Com vigor renovado, ela move o andador alguns centímetros à frente no piso de vinil, então arrasta as pernas em um arremedo de andar.

— Andador — diz ela, a voz um pouco rouca. — Andador, passo, passo. Andador, passo, passo. Andador, passo, passo.

WhatsApp
Grupo de apoio da família de Eve

Oi, Nick, só queria que você soubesse que as crianças tiveram um ótimo dia hoje — nós montamos um quebra-cabeça juntos e fizemos scones. Muito carinho para Eve e você, é claro. Bj, Marjorie

Oi, Nick, como a Eve está? Só para você saber, tudo certo para receber Isobel, Reggie e Arthur no próximo fim de semana, vamos nos divertir muito. As meninas adoram quando os primos dormem aqui!! Eles gostam de lasanha?? Muito amor para vocês. Bj, Imogen

Oi, Nick, tenho feito algumas pesquisas sobre tumores cerebrais e envio alguns artigos que podem ser interessantes. Também fico muito feliz em ir a qualquer consulta médica se Eve ainda estiver frágil demais. Meus três têm feito cartões de melhoras para Eve, vamos mandá-los pelo correio, enquanto isso, receba nosso amor. Bj, Ginnie

Os caminhantes

Eve segura o braço de Nick enquanto caminham pela rua da cidade. Ela se sente frágil, e, de algum modo, suas pernas estão ao mesmo tempo pesadas e bambas. Mas é porque estava internada, diz a si mesma. Sim. Algo sobre sua cabeça. Ela fez uma operação. Isso mesmo. Está tudo voltando. Sua cabeça foi enfaixada e, por um tempo, pareceu pesada e estranha, como se tivesse sido substituída pela cabeça de um robô de metal.

Mas, tirando aquilo, ela está bem. Não está?

Ela não consegue lembrar muito bem. Mas, no fundo, algo a incomoda, algo que parece ser importante... só que ela não consegue lembrar.

— Gostei de ver, querida! — grita um construtor de um canteiro de obras próximo. — Está ficando mais forte a cada dia.

— Como ele sabe? — pergunta ela, espantada. — Já estivemos aqui antes?

— Algumas vezes — responde Nick, apertando sua mão. — E ele tem razão. Você *está* ficando mais forte a cada dia. Então... não se lembra de ter saído para caminhar outras vezes?

— Na verdade, não. — Ela faz uma pausa. — Talvez se eu me concentrar bastante.

Eles dão mais alguns passos e uma leve rajada de neve os atinge no rosto.

— Neve! — exclama Eve. — Que dia é hoje?

Ela não tem ideia nem de que mês é, percebe. Mas, pensando bem, ela nunca foi boa com datas. Aquilo não significa nada.

— Vinte de dezembro — diz Nick.

— O Natal! — Ela para repentinamente. — Natal! Precisamos comprar os presentes! As crianças! Elas fizeram listas? Onde *estão* as crianças? — acrescenta, em um acesso de pânico.

— As crianças estão se divertindo muito com sua mãe e os presentes já foram comprados e embrulhados — responde ele pacientemente. — As crianças fizeram listas e nós compramos os presentes juntos. Você se sentou na cama e fizemos os pedidos pelo iPad.

— Certo. — Eve procura pelos recessos de sua mente, mas não encontra nada. — Eu não lembro.

— Não importa. — Ele aperta a mão dela. — Só não se preocupa com isso. O Natal vai ser ótimo. Você vai estar em casa!

— Em casa!

Eve está prestes a perguntar quanto tempo se passou desde que ela esteve em casa quando um som a distrai. É um som dentro de sua cabeça, e ela não gosta daquilo.

— Você está bem? — pergunta Nick, quando ela para na rua de repente.

— Tem um tique-taque na minha cabeça — responde ela. — É a coisa mais estranha, Nick, parece que um despertador digital acelerado está fazendo barulho dentro do meu cérebro.

— É só seu cérebro se reconstruindo — diz ele, com um tom tranquilizador. — Você já ouviu isso antes. É comum depois do tipo de cirurgia que fez. A gente perguntou ao médico.

— Isso é bizarro. — Ela faz uma careta.

— Com certeza. Mas não se preocupa com isso. Ah, eu falei com sua mãe — acrescenta. — Ela manda beijos e, claro, diz que espera que você esteja se sentindo melhor. — Ele hesita, cauteloso. — Você sabe que tem andado indisposta?

— É *claro* que eu sei — diz ela, do modo mais enfático possível, porque aquela conversa na verdade a está assustando. Ela continua procurando por pistas na memória, mas acaba encontrando grandes falhas. O que aconteceu com seu cérebro? Parece instável e incompetente e nada como ela é.

— Você se lembra da letra de "Ó! Vinde, adoremos"? — pergunta Nick. — É só porque nós cantamos ontem, enquanto caminhávamos.

— É claro que me lembro de "Ó! Vinde, adoremos"! — responde ela, com uma risada, tomando fôlego para cantar. — Ó! Vinde fiéis... Vida longa ao nosso nobre rei... Não, espera. — Ela para. — Errei. Que burrice.

— Deixa pra lá — diz Nick. — É só uma canção de Natal. Só queria saber se você lembrava.

— Eu consigo me lembrar de uma canção de Natal, pelo amor de Deus! — assegura Eve, frustrada. Reunindo toda a sua energia mental, começa a cantar de novo. — Ó! Vinde fiéis... Glória ao rei recém-nascido... — Ela para, hesitante. — Está certo?

— Para um pouco — diz Nick. — Não se esforça. É só uma canção. Não importa.

— Mas eu quero *lembrar* — argumenta Eve desesperadamente. — O que houve? Eu nunca... — Ela para de falar enquanto lembranças a tomam de repente. — Espera um pouco. Eu precisei de um andador? — pergunta, chocada com a ideia.

— Sim, você usou um andador por um tempo — revela Nick, sem rodeios.

Ela fica em silêncio por um instante, enquanto tudo retorna devagar. O enorme esforço para conseguir se deslocar apenas alguns centímetros. A voz da fisioterapeuta enquanto Eve se arrastava com dificuldade. Os braços trêmulos pelo esforço. A cabeça estarrecida pela descrença, de que ela — esportiva, amante de saltos altos — precisaria de um *andador* para caminhar.

— Eu me lembro disso agora — diz ela. — E me lembro da vez que caí. — Mais imagens estão invadindo seu cérebro. *APERTE O BOTÃO, NÃO CAIA NO CHÃO.* A frase passa por sua cabeça. Ela consegue vê-la escrita à caneta em pedaços de papel, colados nas paredes do quarto. O quarto no hospital.

Agora está se lembrando das enfermeiras. As refeições; o chuveiro espaçoso com o botão de chamada de plástico vermelho; o carrinho de medicamentos. Ela está internada há um tempo, Eve se dá conta.

— *Aperte o botão, não caia no chão* — diz bem alto, e Nick dá uma risada irônica.

— Pois é. Você teve de aprender isso. Ficava se esquecendo de que não conseguia andar.

— Eu derrubei aquela máquina do hospital — diz Eve, relembrando todo o incidente em uma nova onda de recordações. — Achei que conseguiria ir andando até o banheiro. Fiquei com um hematoma horrível no braço.

— Você ficou. — Nick franze a boca. — Deixou várias enfermeiras muito preocupadas. Na verdade, só posso passear com você agora porque prometi não sair do seu lado. Elas não confiam que você vá se comportar.

Ela ri, grata por ter um motivo para sorrir, mesmo que seja a própria humilhação.

— Mas eu consigo andar agora.

— Consegue. Você reaprendeu. Se saiu muitíssimo bem.

— Eu fiz uma operação, não fiz? — diz ela, tentando soar pragmática, como se lembrasse tudo.

— Fez. E correu tudo bem. Então isso é muito bom.

Outras coisas não são tão boas, pensa ele. *Mas você não perguntou sobre elas. Ainda não.*

— Outra canção de Natal? — sugere ele. — "Noite Feliz"?

Enquanto caminham até a esquina, eles cantam uma versão aproximada da canção juntos, de braços dados, rindo quando erram. Mas, mesmo que esteja gostando da cantoria, Eve não consegue se concentrar. Continua perdendo o controle das palavras e, além disso, a sensação de incômodo está de volta. O que *é*? Ela sente que precisa saber de algo, como se houvesse uma peça faltando naquele quebra-cabeça...

— Nick? — diz ela finalmente, interrompendo a interpretação dele de "Noite Feliz".

— Sim? — Ele para de cantar e baixa o olhar para ela.

— O que há de errado comigo?

Por um minuto inteiro, Nick encara a esposa, incapaz de falar. Acontece toda vez, aquele momento. Aquele momento terrível, impossível. E, toda vez, parece chegar mais cedo; os olhos dela parecem mais abertos; sua confusão parece mais profunda.

Você tem um câncer incurável, minha linda. Mas você continua esquecendo e eu continuo tendo de te lembrar, e esses são os momentos mais difíceis da minha vida.

Ele vai contar a verdade a ela, como contou cada vez que caminharam juntos. E vai lidar com o choque, como fez todas as outras vezes. Ele vai encarar as perguntas, as lágrimas, as preocupações, os temores pelas crianças. Por todos eles.

Mas ainda não. *Me deixe ter apenas alguns minutos,* pensa. *Só mais alguns minutos de bendita ignorância.*

— Antes de falarmos disso — começa ele —, e "Pequena Vila de Belém"? Você se lembra dessa?

— Devo lembrar! — Ela respira fundo e canta. — *Ó, pequena vila de Belém... os anjos lá no céu...* Não, não é assim... Espera, eu tive uma ideia. — Seu rosto se ilumina. — Você imprime para mim as letras de todas as canções natalinas, e eu as reaprendo até o Natal.

— Claro. Boa ideia. Vou imprimir para você — diz Nick.

Ele lhe dará a cópia impressa que já deu antes e que ela, frustrada, jogou longe três vezes até agora, sentada em sua cama de hospital, lamentando: "Eu não consigo aprender essas malditas canções de Natal!"
— Vamos caminhar um pouco?
— Sim. Vamos caminhar um pouco.
Então eles continuam, os dois, de braços dados, flocos de neve pairando ao redor. Depois de um tempo, ele a encara e ela sorri. Seu olhar já está vago outra vez — ele pode ver que seus pensamentos estão se dispersando —, mas seus passos estão firmes e constantes. E, bem naquele momento, pensa, exatamente naquele momento mágico, ele quase poderia acreditar que não havia nada de errado.

Querido papai,

A vovó está me deixando usar o e-mail dela. Posso comprar um estojo novo? Estou com saudades da mamãe, quando ela volta para casa?

Bj,
Izzy

Você deve se lembrar disso

— Você quer almoçar?

Eve abre os olhos, acordando do cochilo e vê o marido sentado ao pé de uma cama de hospital em que ela parece estar.

— Você está acordada agora? — pergunta ele. — Está com fome?

Tentando entender o que está acontecendo, Eve olha ao redor. Seu olhar pousa em um quadro branco, no qual alguém escreveu solicitamente:

Hoje é terça-feira.
Enfermeira do dia: Suzi.
Metas do dia: Ter um dia feliz :)
E lembre-se: APERTE O BOTÃO,
NÃO CAIA NO CHÃO.

Hospital. Ela está internada.

Ela fez uma cirurgia. Sim. Isso mesmo.

Seu olhar recai sobre uma coleção de cartões de melhoras feitos à mão na mesa de refeição, e ela pega um. É de Izzy, sua filha de 10 anos, sua bebê, e pintado com o inconfundível talento artístico da menina. *Fique boa logo, mamãe* está impresso cuidadosamente no interior, seguido por *Sinto sua falta, te amo, bj, Izzy*.

Eve sente um aperto no coração. Quando foi a última vez que viu os filhos? Parece que foi há uma eternidade. Semanas. Anos.

Onde eles estão agora, afinal?

Pensamentos e perguntas estão se acumulando em sua cabeça, como se seu cérebro fosse um computador reiniciando depois de muito tempo desligado.

Aperte o botão, não caia no chão. Isso porque ela continua caindo. Foi assim que ela ficou com o hematoma no braço.

Ela olha para a mão. Há uma cânula enfiada em uma veia, presa na pele com fita adesiva. *Para os esteroides*, pensa automaticamente, então pisca. Esteroides?

— Onde estão as crianças? — pergunta alto, a voz rouca.

— Estão com a sua mãe.

— Há quanto tempo estou internada?

— Há um bom tempo.

Sua cabeça parece pesada, percebe. Pesada e meio esquisita. E a pele do rosto parece tensa, como se tivesse sido esticada.

Seus olhos se desviam para o colchão de solteiro espremido no quarto, uma familiar camiseta azul dobrada sobre o travesseiro.

— Você tem dormido aqui? — pergunta ela.

— Tenho ficado aqui o tempo todo — responde Nick.

— O tempo todo? — repete ela, incrédula.

— Eu não ia te deixar, bobinha. — Ele estende a mão e aperta a dela. — E as crianças estão bem. Se divertindo muito com sua mãe, ao que tudo indica.

— Certo.

Ela esfrega a cabeça e não sente nada além de um curativo macio.

— Como está a minha aparência?

— Dá uma olhada — diz Nick, apontando para o banheiro. — Quer uma mãozinha?

Ela se apoia agradecida no braço dele enquanto cambaleia até o banheiro e olha para o espelho.

Ai, meu Deus.

Ela tem um turbante de curativo branco. O rosto está pálido e inchado. Não se reconheceria de forma alguma, se não fossem os olhos familiares a encarando com ar de dúvida.

Outra onda de recordações a invade.

— Eu fiz uma operação no cérebro — diz ela lentamente. — E então tivemos uma consulta com o médico, e vimos minha ressonância no computador juntos. Está tudo voltando agora.

— Você se lembra de tudo isso? — Nick soa satisfeito. — Talvez esteja recuperando a memória. Sim, nós nos reunimos com seu cirurgião e conversamos sobre a operação. Foi um grande sucesso. Você se lembra disso?

— Eu estava em uma cadeira de rodas — comenta ela, com súbito assombro.

— Isso, você precisou usar a cadeira de rodas. Você se lembra da visita das crianças? — acrescenta ele, enquanto Eve se vira e volta para a cama.

— Não — responde ela. — Espera um pouco, sim. Isobel me deu isto, não foi? — Ela pega o coelhinho peludo em sua mesa de refeição, que a vinha intrigando.

— Ela mesma comprou — revela Nick. — Ela disse: "Mamãe não pode ficar internada sem um bichinho de pelúcia." Então nós fomos em busca de um bichinho.

Eve dá um abraço carinhoso no coelhinho branco, então o coloca no centro do cobertor.

— Eve... — Nick hesita, o semblante sério. — Do que mais você se lembra da consulta com o médico?

— Eu lembro que eles tiraram uma massa. — A certeza a atinge como uma barra de ferro caindo no chão. — E eles disseram que talvez fosse câncer.

— É.

Há uma longa, longa pausa, então Nick diz:

— Eve, minha querida, tenho de te contar. Eles analisaram o tumor e *é* câncer.

— Certo — diz ela, e sente lágrimas quentes brotando nos olhos antes de conseguir contê-las.

Ela inspira fundo e exala bruscamente, reunindo todas as suas forças. Câncer. Ok. Aquela é uma notícia importante. Mas ela não vai sentir pena de si mesma, decide, convicta. Simplesmente não vai.

— Ok. Eu tenho câncer. Fazer o quê. Vou passar por quimioterapia? Ou radioterapia? Ou qualquer coisa do gênero?

— Você vai fazer os dois.

Ela se sente esmagada por um instante. Como se um carro a tivesse atropelado. Câncer. Ela é uma paciente oncológica.

Mas então, em segundos, seu otimismo natural vem à tona.

— Ah, bem — diz com a maior firmeza possível. — Não importa. As pessoas têm câncer. Não é o fim do mundo. Existem curas para câncer hoje em dia.

— Existem, para muitos tipos de câncer.

Uma expressão estranha estampa o rosto de Nick, e ela sente, lá no fundo, um temível tremor ressoar. Há uma pergunta importante e crucial que ela quer fazer; mas, ao mesmo tempo, não quer fazer. Ela quer saber, mas não quer saber.

Em vez disso, escolhe uma pergunta diferente.

— Que tipo de câncer eu tenho? Ele tem um nome?

— Você teve um glioblastoma grau IV. Eles tiraram tudo, então agora temos de torcer para que não volte. É para isso que a quimioterapia e a radioterapia vão servir. Você vai começar as duas logo depois do Natal.

— Glioblastoma grau IV — ecoa Eve, com cautela. As palavras parecem vagamente familiares. — Você já me disse isso antes?

— Algumas vezes — admite Nick —, mas você parece mais alerta agora. Talvez se lembre desta conversa.

— Toc-toc! Terapeuta ocupacional na área!

Uma mulher de uniforme marrom entra agitada e sorri para Eve.

— Eu me chamo Maureen. Já nos conhecemos, mas sei que você está com problemas na sua memória de curto prazo.

— Vou deixar vocês a sós — diz Nick. — Continuamos a conversa depois. Vou tomar um café e fazer algumas ligações. Vocês vão ficar bem?

— Vamos ficar ótimas — assegura Maureen. — Vá fazer o que precisa.

Durante a meia hora seguinte, Eve segue as instruções de Maureen, o que exige sua concentração total. Ela anda, ela se vira, ela tenta sem sucesso ficar de pé em uma perna, ela vai ao banheiro, ela anda pelo corredor segurando o braço de Maureen e prepara uma caneca de chá para si mesma.

— Muito bem! — exclama Maureen, no final da sessão. — Você melhorou muito. Logo, logo vai poder sair do hospital.

Ela faz algumas anotações em sua prancheta, então sai — e Eve fica sozinha.

Ela tem câncer. Isto é surreal.

— Eu tenho câncer — diz em voz alta para ver como soa. Não dá para acreditar.

Ela abre seu iPad e acessa o navegador. Cuidadosamente, digita na caixa de pesquisa...

Glioblastoma grau IV.

Em segundos, os resultados apareceram. Ela clica e lê, depois clica em outra página e lê, clica de novo, lê, lê, lê, tentando, e não conseguindo, encontrar uma resposta diferente, sem acreditar no que está lendo.

Câncer raro e incurável...

... a forma mais agressiva de tumor cerebral...

... virulento e mortal...

... infelizmente sem cura...

... péssimos prognósticos...

... terminal...

... apesar do tratamento inicial com cirurgia, radioterapia e quimioterapia, o glioblastoma quase sempre retorna...

... Apenas 25% dos pacientes sobrevivem mais de um ano...

... O tempo médio de sobrevivência é de 12 a 18 meses...

... Tempo médio de sobrevivência de adultos após o diagnóstico:

14 meses.

Quando finalmente ergue o olhar, ela se sente fraca. Sente como se estivesse em um longo poço sem fundo, despencando. Ela não pode morrer depois de 14 meses. Tem cinco filhos. Isobel só tem 10 anos; precisa de seus cuidados. Todos eles precisam de seus cuidados.

Lágrimas escorrem silenciosamente por seu rosto enquanto ela encara a tela do iPad. Ela já sabia daquilo? Ela esqueceu? Como pôde esquecer?

O medo está comprimindo sua espinha, mas ela precisa ser corajosa. Ela tem de ser otimista.

Mas... *14 meses*. E essa é a média. Ela é mediana? Ela é acima da média? Ela é abaixo da média?

Quase balbuciando em pânico, Eve pega o telefone e envia uma mensagem para Nick.

Eu dei uma busca em glioblastoma no Google. Bj

E quase imediatamente, como se ele estivesse à espera, a resposta chega em seu telefone.

Ah, minha linda. Estou indo. Bj

Bom trabalho!

A terapeuta cognitiva se chama Connie, e naquele dia Eve se lembrou disso, o que já parece um grande feito.

— Oi, Connie — cumprimenta ela, ansiosa para mostrar como sua memória para nomes é excelente. — Como está?

— Estou bem, obrigada — diz Connie, uma sorridente americana com cabelo ruivo curto e atitude enérgica. — Como você está?

Aquela é uma pergunta difícil de responder, pensa Eve. Ela responde em um nível macro ou micro? Macro: "Tenho um câncer incurável, obrigada por perguntar." Micro: "Eu me sinto bem hoje, a não ser pela noção de que estou com uma deficiência cognitiva e preciso de terapia especial."

Por fim, ela condensa as possíveis respostas em uma platitude.

— Bem, obrigada! — diz ela, tentando corresponder ao entusiasmo de Connie, e a terapeuta sorri.

— Ótimo! Agora, para começar a sessão de hoje, eu trouxe algumas imagens para você dar uma olhada. Veja se consegue me dizer o que são e para que servem.

Ela abre uma das pastas e mostra o conteúdo a Eve. É um desenho, o contorno de um objeto, e Eve tem quase certeza de que sabe o que é. Mas a palavra simplesmente não lhe ocorre.

— Apenas descreva da melhor forma que puder — pede Connie gentilmente.

Eve observa o desenho, sentindo-se frustrada.

— É uma... Você usa e tem mangas e... — Ela perde o ímpeto.

— E como se chama?

— Uma bolsa — arrisca Eve.

— Uma camiseta — corrige Connie, com delicadeza.

— Uma camiseta — repete Eve, depressa. — É o que eu queria dizer. Uma camiseta. Você a veste.

— Isso, você veste! — exclama Connie, vivaz. — Muito bem! Agora, que tal esta?

Aquela imagem é fácil e Eve responde rapidamente, sentindo-se satisfeita consigo mesma.

— Uma cadeira. Você a usa para ficar em cima. Para se sentar.

— Muito bem! — exclama Connie, como se Eve tivesse desvendado a teoria quântica. — E esta?

— Uma caneta — responde Eve prontamente, sentindo uma onda de triunfo. — Você a usa para desenhar. E para escrever.

— Muito bem! E esta aqui?

Eve estuda a imagem, estupefata.

— É um... um... um dispositivo. — Eve sente como se tivesse arrancado a palavra da lama pesada em seu cérebro. — Um dispositivo para... temperatura. Não, não é isso o que eu quero dizer. Para... medir. Dizer a medida — conclui desesperadamente, ciente de que não consegue nem falar direito, muito menos identificar aquele misterioso objeto.

— É um sextante — diz Connie gentilmente.

Um sextante? Ela alguma vez soube o que era um sextante?

— E esta imagem? — Connie vira a página, e Eve estuda o desenho.

— É um cavalo — responde ela lentamente, mais uma vez sentindo como se estivesse extraindo as palavras de algum lugar profundo e obscuro. — E ele tem as coisas nos olhos. As coisas que tapam.

— Você sabe o nome?

Eve fica em silêncio. Ela não sabe o nome. Alguma vez já soube o nome?

— Você sabe que sou escritora? — diz por fim, em desespero. — Preciso saber o que as palavras significam, ou não consigo ganhar a vida.

— Você melhorou muito — assegura Connie. — Não se culpe. Você passou por tanta coisa. Então vamos desistir desta? Olha outra vez.

— Coisas de cavalo — diz Eve, desolada. — É tudo o que consigo.

— Antolhos — diz Connie.

— *Antolhos*, é isso mesmo.

Sou formada em Oxford, pensa Eve. *Recebi distinção em filosofia, política e economia. E agora todas as palavras se desintegraram em meu cérebro. Ou talvez o cirurgião as tenha extirpado por engano.*

— Agora vamos para os exercícios de desenho. — Connie pega uma folha de papel e uma caneta, e as entrega a Eve. Em seguida, abre outra pasta. Aquela é vermelha. E Eve sabe que é a que está cheia de desenhos assustadores que precisa copiar. Ela nunca desenhou bem, e agora nem aulas de reforço a ajudariam. — Você consegue desenhar esta forma?

Aquela forma? Aquela forma enorme e intimidadora, com zigue-zagues, novelos e linhas por todo o lado?

Ela pega uma caneta com a mão que parece trêmula. Será que ao menos consegue desenhar uma linha reta?

Eve estimulou seus filhos por meio de exercícios de raciocínio não verbal para que entrassem em escolas para alunos excepcionais. Ela deveria saber desenhar uma linha, mas até mesmo a ideia parece assustadora.

— Apenas faça o seu melhor — diz Connie, a encorajando.

Eve começa a desenhar, mas não consegue controlar a caneta de modo algum. A ponta vacila e salta na página, e o resultado parece desajeitado e bagunçado.

— Bom trabalho! — exclama Connie, como se Eve tivesse acabado de desenhar a Mona Lisa. — Vamos tentar outra coisa. Você consegue escrever seu nome?

Claro que consegue escrever o próprio nome, pensa Eve, decidida. Ela precisa usar o poder da mente para fazer isso acontecer. *Claro* que ela consegue escrever o próprio nome.

Mas as letras saem trêmulas e irregulares, como as de uma criança.

— Eu autografava livros — comenta ela, a voz soando arrastada aos próprios ouvidos. — Muitos livros. Milhares de livros, muito rápido. E agora eu não consigo nem escrever meu nome.

— Seja gentil consigo mesma. Você está indo tão bem que vou pressioná-la um pouco. Consegue desenhar de cabeça aquela forma de antes? Aqui está outra folha.

De cabeça?

Eve olha para a folha em branco, aterrorizada. Havia um novelo e um zigue-zague, e é tudo de que consegue se lembrar.

Esforçando-se ao máximo, ela desenha um novelo, um zigue-zague e algumas linhas retas aleatórias.

— Muito bem! — exclama Connie.

— Estava certo? — pergunta Eve, esperançosa.

— Não exatamente — admite Connie, mostrando a Eve um desenho que não se parece em nada com a tentativa de Eve. — Mas alguns dos elementos estavam corretos. E você vem fazendo tanto progresso. Agora vamos para os blocos.

Eve sente um aperto no peito. Os blocos de novo, não. Ela nunca teve uma boa percepção espacial, e aqueles blocos a derrotaram todas as vezes.

— Aqui está. — Connie apresenta um certo número de blocos triangulares de plástico. — Pode fazer um grande triângulo com estes blocos?

— Posso tentar — responde Eve, já sabendo que não vai conseguir. Ela passou a odiar blocos de plástico e deseja que pudessem ser proibidos. Mas está comprometida com a terapia, então vai tentar de novo e de novo, e Connie vai exclamar "Muito bem!", independentemente do que ela realizar.

E os blocos vão provocá-la com sua alegria brilhante e se recusarão a encaixar no formato, e ela vai se perguntar o que seus filhos diriam se pudessem vê-la agora, suada e ofegante, se esforçando para fazer um triângulo.

WhatsApp
Grupo de apoio da família de Eve

Bem-vinda ao lar, Eve!! Espero que o reencontro seja ótimo, as crianças estavam ansiosas por isso!
Bj, Mamãe

Bem-vinda ao lar, Eve!!!!! Mandando muitos abraços e beijos, e ansiosa para te visitar no sábado.
Bj, Ginnie

Bem-vinda de volta ao lar, Eve!!! Não vejo a hora de te encontrar!! Enquanto isso, descanse bastante e vá com calma.
Bj, Imogen

Na verdade, eu nem preciso de cuidadora

Oi, prazer em conhecê-la, Helen, pode entrar. Aqui é a cozinha, esta é a sala de estar e aqui é o quarto. Na verdade, eu nem preciso de cuidadora, mas meu marido está viajando a negócios e ele se preocupa comigo.

É, eu passei por uma cirurgia e agora estou fazendo quimioterapia e radioterapia. Tenho de me lembrar de tomar os remédios certos na hora certa. Fora isso, estou bem. Na verdade, nem preciso de cuidadora.

Meu marido é muito protetor e, para ser sincera, ele exagerou. Vai ser um trabalho fácil para você, porque realmente não preciso de ajuda. Mas será bom ter um pouco de companhia.

É, tudo começou antes do Natal. No início, eu só estava bem zonza e, depois, não parava de cair. Então eles fizeram uma ressonância do meu cérebro e encontraram esse tumor. Fiz a cirurgia e depois muita reabilitação. Mas estou muito melhor que antes. Na verdade, nem preciso de cuidadora.

Deixe eu mostrar a cozinha. Chá e café? Sim, claro, aqui.

Ah.

Desculpe, aí não. Aqui.

Às vezes fico confusa com os armários. Não é nada de mais. Eles tiraram um bom pedaço do meu cérebro e, às vezes, tenho lapsos de memória.

Fazer o jantar para mim? Uau. Bem, isso ajudaria muito, obrigada! Estou me sentindo muito mimada. Mas, na verdade, não preciso disso.

Sim, desculpe, essa panela está quebrada. Culpa minha, coloquei um ovo para cozinhar e esqueci, e acabou queimando tudo. Burrice minha, sério.

Acho que foi quando meu marido ligou para a agência pela primeira vez. Ele fica com medo de que eu não consiga me virar sozinha. Mas, como falei, foi um exagero. Na verdade, nem preciso de cuidadora. Sim, frango seria uma delícia. Tem um pouco na geladeira, acho. Ah, você já sabe disso. Ah, você combinou o jantar com meu marido? Ele é maravilhoso. Não sei o que eu faria sem ele. Mas ele foi para a Irlanda a trabalho. Sim, ele não queria ir, mas a vida continua, sabe?

Sim, não se preocupe, não me incomodo em falar sobre o assunto. O diagnóstico foi glioblastoma grau IV, então não foi muito bom. Mas eu fiz uma cirurgia e eles retiraram o tumor todo, então estamos com os dedos cruzados.

Ai, meu Deus. Perdão, já esqueci seu nome. Helen. Sim. Helen. Eu consigo me lembrar disso. Helen. Foi mal. Acho que, quando tiraram um pedaço do meu cérebro, a memória de curto prazo foi junto. Mas estou bem mesmo.

Sim, rádio e químio. Temozolomida. Você precisa se lembrar de não comer em certos horários quando está fazendo químio, mas felizmente meu marido chama minha atenção para isso, senão eu comeria um biscoito por engano. Eu sei. Fácil de fazer. Sim, eu amo milho-doce. Muito obrigada!

É um trabalho em tempo integral, esse negócio de estar doente. Lembrar de tomar os remédios certos na hora certa, e ir para a radioterapia e fazer todos esses exames de sangue e ressonâncias magnéticas. Não escrevo nada há séculos. Sou escritora, caso você não saiba. Ah, você sabe. Sério? Muito obrigada! Fico feliz que tenha gostado.

Quanto tempo você vai ficar hoje? O quê, você vai dormir aqui? Uau, bem, isso vai ajudar bastante. Eu quase nunca mais caio, mas acho que é melhor prevenir... Ok, eu chamo. Prometo.

Sim, eu tenho uma rotina de remédios antes de dormir. Bem, isso ajudaria. Ah, você tem uma lista da agência? Isso é ótimo.

Mas não se preocupe, eu me deito bem cedo ultimamente. Durmo às 21h e não acordo até as 8h. Sim, em geral meu marido leva as crianças para a escola, mas elas estão com minha mãe hoje, já que ele viajou.

Brócolis? Sim, eu adoraria um pouco. Estou tentando me alimentar de forma bem saudável no momento. Melhorar o meu prognóstico.

Você teve outro paciente com glioblastoma? Uau. Quais são as chances de isso acontecer? Ah, sério? Ele tinha? Bem, estou feliz por não ser a única com perda de memória.

Ele também estava tomando temozolomida? Uau, puxa. É, faz com que eu me sinta mal. Mas tenho um remédio para ajudar com isso. Você toma um medicamento e depois tem de tomar outro, essa parece ser a regra. Enfim, estou feliz por não ser a única a sofrer com os efeitos colaterais.

Sim, arroz está ótimo, muito obrigada!

Então por que você não está com esse paciente agora?

Ah, certo.

Certo.

Certo. Sinto muito. Isso é... Sim. Deve ser difícil para você.

Quando foi isso, então?

Você sabe quantos meses depois do diagnóstico antes de ele...?

Um ano.

Uau.

Não muito.

Não, não se preocupe, estou bem. Às vezes fico com os olhos lacrimejando. Bom, já faz dois meses desde o diagnóstico e até agora está tudo bem. Para o alto e avante, é o que digo. Você precisa se manter alegre. E eu tenho as crianças, elas me distraem. Ah, sim, sim, por favor, vá em frente e sirva. Isso é um verdadeiro prazer, ter meu jantar preparado para mim, mas, sério, não é necessário. Você quer um pouco? Ah, você traz a própria comida. Sensato da sua parte.

Ah, este hematoma? Sim, acho que é bem grande. Se eu saísse, as pessoas pensariam que meu marido andou me batendo! Foi de quando tropecei no chuveiro. Burrice minha. Era só um piso escorregadio. Ah, o outro hematoma? Aconteceu uma vez quando fui ao banheiro. Simplesmente perdi o equilíbrio e bati com o rosto na pia. Burrice minha.

Sim, ok, eu prometo, vou tocar a campainha. Não, sério, posso tomar banho sozinha, mas não me importo de ser acompanhada até lá, se você realmente acha...

E, se eu tropeçar no caminho até o banheiro à noite, ou algo assim, eu te chamo. Sim. Prometo, de verdade.

Mas tenho certeza de que vai ficar tudo bem.

Não, eu tenho mesmo. Porque, como disse, na verdade, nem preciso de cuidadora.

Scrabble

De longe, eles parecem uma família comum, pensa Eve. Se olhasse pela janela, você veria uma família normal e feliz, reunida em torno de um tabuleiro de Scrabble na mesa da cozinha.

Somente quando se aproximasse, notaria a expressão no rosto de todos e suspeitaria de que algo estava errado. Porque eles parecem tensos, sombrios, chorosos, descrentes e perplexos. Ela se sente um pouco em choque, para ser sincera. Acabou o segredo. Finalmente, depois de toda a agonia, o debate e a preocupação, é o fim do segredo. Toda a família sabe.

— Certo — diz Nick, e é apenas pela mais tênue tensão em sua voz que ela saberia haver algo errado. — Todos peguem sete pecinhas. Certo, Izzy? Pega sete pecinhas e passa o saquinho adiante.

— Você ainda pode ir ver minha peça de teatro? — pergunta Isobel, com a voz trêmula.

— Claro que posso ir ver sua peça — responde Eve. — Você não vai me impedir! Estarei na primeira fila, acenando e torcendo!

— Obrigado, Izzy — diz John, pegando o saco.

Ele parece menos chocado que Izzy, mas a notícia não era novidade para John. Os três irmãos mais velhos estiveram a par da situação o tempo todo, e depois ela e Nick se empenharam para contar aos mais novos em um momento oportuno, com toda a família reunida. O recesso escolar havia começado na véspera, então nada de escola por vários dias, nenhuma pressão, nenhuma outra pessoa. Eles só vão relaxar em casa, com muitos abraços e tempo em família, e responder a todas as perguntas dos filhos.

Uma caixa de lenços de papel está sobre a mesa, e cada integrante da família pegou um. Foi uma meia hora intensa, que Eve e Nick planejaram e roteirizaram cuidadosamente por semanas.

— Vocês sabem que a mamãe fez uma operação. — Seu pequeno discurso começou. — E sabem que ela está doente. Bem, a doença dela é um tipo de câncer.

E assim o discurso continuou, até que os olhos de Nick começaram a brilhar e Izzy chorou muito, e até o John estendeu a mão para pegar um lenço de papel.

Cinco filhos. Cinco pacotes de amor. E cinco pacotes de luto.

Dá para chamar aquilo de luto? Não aconteceu nada ainda. Ela sente que está em forma e forte. Ela se recuperou bem da cirurgia; consegue andar de novo; está fazendo tratamentos. Mas o câncer que tem é incurável e agressivo, com estatísticas de sobrevivência assustadoras.

Talvez "pré-luto" seja um termo melhor. Ou, por outro lado, talvez tudo aquilo seja exagero. Desnecessário. Seu otimismo vem à tona novamente. Uma cura será encontrada. Seus exames serão límpidos como água por anos e anos. Eles vão rir daquilo um dia. *Você se lembra de quando achamos que você tinha um câncer incurável?*

Mas "Você deve contar às crianças", dissera o oncologista, e ele era Deus, afinal. E a pior coisa seria se seus filhos ouvissem uma versão atrapalhada de outra pessoa. De algum amigo ou vizinho bem-intencionado. *Lamento que sua mãe esteja tão doente.* Ou, pior ainda, fofoca de parquinho: *Sua mamãe vai morrer?*

Não é exatamente um segredo, aquele seu câncer, mas não é algo que ela contou para o mundo inteiro. No entanto, é incrível quantas pessoas a viram na rua e mandaram mensagens para Nick. *Eve está muito magra, ela está bem?*

E, então, eles se acostumaram a dar a notícia aos outros — e assim relembrar o quão chocante é. A verdade é que, até certo ponto, eles já normalizaram o assunto nas próprias vidas. Os médicos, os remédios e as consultas no centro oncológico. Eles se acostumaram. Conseguem até fazer piada, quando não estão chorando.

Somente quando veem as reações dos amigos à notícia se lembram de quão incomum e chocante é a nova realidade deles.

Por isso, eles elaboraram o pequeno discurso para as crianças cuidadosamente — não muito alarmista, mas também não muito superficial. Realista, mas otimista e cheio de esperança, que é basicamente como Eve se sente quando não está atormentada pela culpa.

— Eles farão muitas perguntas — avisara o psicólogo a Eve e Nick. — Eles podem fazer as mesmas perguntas várias vezes. Vocês vão ter de ser pacientes.

— Não se preocupe — respondera Eve, com um meio sorriso. — Nick está acostumado. Faço as mesmas perguntas a ele todos os dias.

Agora ela olha em volta, para o rosto de seus amados filhos, se perguntando se eles estão bem, torcendo para que sejam resilientes, se perguntando, como faz aproximadamente a cada cinco minutos, quanto tempo lhe resta na Terra e sentindo — mais uma vez — uma culpa avassaladora.

Ela leu sobre os estágios do luto e se identifica particularmente com a negação. Por grandes períodos de tempo, pode estar em negação. Ela segue com seu dia, faz seus exercícios, vê televisão. Apenas a constante fadiga dá indícios de que há algo errado. Isso e a perda de memória, mas ela nunca foi boa em se lembrar das coisas, de qualquer forma.

Então lê uma manchete sobre câncer ou só vê seus remédios na bancada do banheiro, e o diagnóstico retorna em um terrível sopro. Parece surreal. Não pode ser ela.

— Se você tem câncer no cérebro, como consegue falar? — pergunta Isobel. — Como seu cérebro ainda funciona?

— Felizmente, a parte da fala do meu cérebro ficou preservada — responde Eve. — E a parte das piadas bobas também. Mas uma coisa que *agora acontece* é que fico perdendo meu telefone.

Aquilo provoca uma quase risada. Eve é conhecida pela família por perder constantemente o celular.

— Você sempre perdia seu telefone mesmo! — diz Isobel, a voz trêmula no limite entre as lágrimas e o riso.

— Você acha que ter câncer é desculpa? — diz Leo, e Eve o encara com gratidão, porque ele está seguindo a sua deixa, tentando fazer graça de uma situação medonha.

— Eles podem encontrar uma cura? — pergunta Arthur, o de 15 anos.

— Eles podem, querido — responde Eve. — Tudo é possível. Eles estão tentando coisas novas o tempo todo. Mas não têm uma no momento.

Isobel começa a chorar de repente, e Eve sente o calor de lágrimas brotando nos próprios olhos.

— Eu sei. — Ela acalma Isobel, estendendo a mão para esfregar as costas da filha. — Eu sei, meu amor. É difícil.

Talvez eu nunca veja você crescer, minha linda menina, e não suporto isso.

— Não é justo! — Isobel consegue balbuciar enquanto chora, esfregando o rosto com um lenço de papel. — Não é justo. Por que você pegou isso?

— Não sei, minha querida, e sei que não é justo.

— Mas você é saudável — acrescenta Reggie. — Quer dizer, tudo o que você come é salada de feijão.

Aquela é outra piada interna da família, e outra onda de quase riso irrompe.

— O médico disse que meu câncer não é por causa desse tipo de coisa — diz Eve. — É uma questão de sorte ou azar, e eu tive azar. Tive sorte de muitas maneiras ao longo da vida... e foi aqui que tive azar. Mas, ao mesmo tempo, eu *sou* sortuda. Posso andar, falar e, olha só, até jogar Scrabble. Muitas pessoas na minha situação não conseguem.

— Mas você não pode *ganhar* no Scrabble, mãe — diz John, heroicamente descontraindo o ambiente. — Porque eu vou ganhar.

— *Eu* vou ganhar. — Arthur o contradiz.

— *Eu* vou ganhar — diz Leo. — Já tenho a palavra mais maneira.

— *Eu* vou ganhar — interrompe Reggie, para não ficar atrás. — Porque sou incrível.

O ambiente descontraiu ainda mais, e Eve olha para Nick. Ele dá uma piscadinha, e ela pode dizer que ele está pensando o mesmo que ela: o pior já passou.

— Isobel, você tem outra pergunta? — diz Eve, vendo que Isobel quer falar. — Pode perguntar o que quiser.

— Sim, tenho uma pergunta — admite Isobel. — Só que acho que já sei a resposta.

— Pode perguntar qualquer coisa — encoraja Eve, lembrando-se de algo que o psicólogo disse. — Não importa se alguém sabe a resposta, pode ser bom fazer a pergunta mesmo assim. E, então, todos nós podemos pensar e conversar sobre a questão, talvez.

— Ok — diz Isobel. — Tá bom, a minha pergunta é: "Aite" é uma palavra?

Eve se surpreende, e em seguida sente uma onda de imenso alívio. Isobel já está pensando no jogo. Já está se recuperando.

— "Aite"? — ecoa Arthur, com ironia. — Como assim?

— É um barco — afirma Isobel, com um grau de bravata.

— Você quer dizer "iate".

— Não, aite! Tenho certeza de que um aite é um tipo de barco.

— Use em uma frase — diz John, e Isobel inspira fundo.

— Ele navegou até lá em seu aite.

A família inteira cai na gargalhada, e Eve se sente quase nas nuvens. Se você olhasse pela janela, veria uma família normal e feliz, reunida em torno de um tabuleiro de Scrabble, na cozinha, todos rindo, sem nenhuma preocupação.

Ela sabe que seu humor vai despencar de novo; o de todos vai despencar de novo em algum momento. Mas, naquele instante, ela está sorrindo e sua família está rindo e está tudo bem. Só por ora, está tudo bem.

Todosose-mailscarinhosos

Queridos Eve e Nick, sinto muito... ficamos muito chocados... soubemos da Eve... deve ser tão assustador... ela sempre pareceu tão saudável... qualquer coisa que pudermos fazer... orando por vocês... ajudar com as crianças de algum modo... fazer qualquer coisa... levar vocês para tomar um drinque uma noite dessas... enviar um pequeno presente... visitar... qualquer coisa que pudermos fazer... pensando em vocês, pensando em vocês, pensando em vocês...

Queridos amigos, muito obrigado pelas flores maravilhosas... deliciosa cesta de frutas... artigo interessante que mandou... livro inspirador que mandou...

maravilhosa loção corporal que mandou... Eve agradeceu e manda a vocês muito amor e está indo muito bem... obrigado por buscar Isobel... obrigado por deixar Reggie passar a noite... obrigado pelos deliciosos petiscos da delicatéssen... visitem quando Eve estiver se sentindo um pouco mais forte... muito obrigado, muito obrigado, muito obrigado...

Todas as salas de espera

— Oi, meu nome é Eve Monroe, vim fazer um exame de sangue.

— Claro, pode passar os olhos por esta ficha e assinar na parte de baixo? Depois sente-se em uma das cadeiras na sala de espera, por favor.

* * *

— Olá, estou aqui para ver meu médico, Dr. Cunningham. Meu nome é Eve Monroe.

— Muito bem, pode, por favor, verificar a ficha e assinar, e aí você e seu marido podem se sentar naquelas cadeiras na sala de espera.

* * *

— Olá, estou aqui para a radioterapia.
— Sem problemas. Pode pegar esta ficha, ler e assinar, depois pode se sentar naquelas cadeiras na sala de espera e estaremos prontos para você em breve.

* * *

— Olá, sou Eve Monroe, e estou aqui para pegar os medicamentos quimioterápicos.
— Com certeza. Processaremos tudo o mais rápido possível. Enquanto isso, por favor, sente-se naquelas cadeiras na sala de espera.

* * *

— Olá, me chamo Eve Monroe e estou aqui para uma ressonância magnética.
— Claro. Por favor, preencha este formulário de segurança e sente-se nas cadeiras na sala de espera ali.

* * *

— Olá, Eve Monroe para pegar a sala de espera. Desculpa, quero dizer, para pegar um café.

Poderia ser pior

— Você tem dormido o suficiente? — pergunta o médico, e Eve toma fôlego para responder.

Eu me arrasto para a cama às 20h, cansada e enjoada e ansiosa para adormecer. Acordo doze horas depois, ou treze ou quatorze. Estou ávida por sono, só quero dormir. Desejo a inconsciência como um viciado em crack deseja uma pedra.

— Ah, sim, acho que sim — responde ela. — Bastante, obrigada.

— E enquanto está fazendo a químio, você sente algum enjoo?

Sinto como se minhas entranhas estivessem se partindo em pedacinhos. Eu me sinto poluída e envenenada e pronta para me virar do avesso. Minha pele parece estar doente. Meu cabelo parece estar doente. Jamais senti algo assim.

— Às vezes me sinto um pouco mal — diz Eve. — Mas poderia ser pior.

— E quanto à fadiga?

Eu me sinto tão morta quanto um cadáver. Sinto que não consigo nem mover o dedo mindinho. Meu corpo pesa uma tonelada e cada pensamento é exaustivo.

— Às vezes me sinto um pouco cansada — responde Eve. — Mas poderia ser pior.

— E mentalmente? Como anda seu humor?

Eu alterno entre negação, desespero, perplexidade, tristeza. E então, às vezes, felicidade absurda. Aprecio pequenos prazeres muito mais que antes, mas aí, mais uma vez, entra a brutal lucidez. Às vezes penso que vou morrer e deixar minha família, e não consigo suportar. Aguardo até a casa ficar vazia, então choro de soluçar, inconsolável, alto, lamentando e gemendo, socando a cama com punhos ineficazes e impotentes...

— Ah, tem altos e baixos — diz Eve, após uma longa pausa. — Mas, você sabe. Poderia ser pior.

Como sobreviver aos tratamentos do câncer

Um guia útil, de Eve Monroe

Como sobreviver à radioterapia: finja que está em um spa chique. Então, quando estiver fazendo o check-in na recepção, finja que é para seu tratamento de spa. E, quando pedirem para você vestir uma camisola hospitalar, finja que é um roupão felpudo. E, quando pedirem para você se deitar em uma máquina, finja que é um equipamento de alta tecnologia de última geração para tratamentos faciais. (Aparentemente, Gwyneth Paltrow usa um, então deve ser bom.)

E, quando eles aparecerem e prenderem sua cabeça firmemente com a máscara de plástico azul feita sob medida para que você não possa mover um músculo, finja que é um dispositivo chique para a pele.

As enfermeiras de radioterapia vão conversar acima de sua cabeça em uma espécie de jargão técnico. Finja que são esteticistas espanholas discutindo seu tipo de pele em castelhano.

Então, quando a radioterapia realmente começar, mude de tática, ainda personificando Gwyneth. Durante todo o processo, diga a si mesma que esse tratamento vai inundar seu cérebro com a cura e que quaisquer detritos cancerígenos restantes vão desaparecer. Mentalize como verdade. Deseje que seja verdade. Faça com que seja verdade.

Não pense na queda capilar que esse tratamento sem dúvida causará. Queda de cabelo não é muito Gwyneth.

Antes que perceba, as enfermeiras estarão de volta, soltando você e perguntando como se sente.

Sente-se, piscando, e pense, *eu enfrentei essa*. E agora você só precisa enfrentar a próxima.

* * *

Como sobreviver aos efeitos colaterais da quimioterapia: faça uma corrida de meio quilômetro todo dia, coma apenas repolho, medite e escreva um diário de gratidão ao seu criador.

Estou brincando. Como sobreviver aos efeitos colaterais da quimioterapia: vá para a cama.

* * *

Como sobreviver a uma ressonância magnética: não se mova. Finja que o barulho é alguma peça musical contemporânea ou obra no vizinho. Mande pensamentos positivos e de cura para seu cérebro em mantras — por exemplo: *Meu exame está perfeito, a doença não progrediu* —, na esperança de que isso afete o resultado. (Se sua mente vagar para a liquidação da Sweaty Betty, não se culpe.)

* * *

Como sobreviver à ansiedade pelo resultado do exame: tem como?

Por favor, me conte.

Conversas de manhã cedo
1

Morte

— Você precisa estar comigo quando eu morrer. — Sem aviso, ao despertar, um turbilhão de medo e angústia atingiu Eve. Ela está pronta para a morte? Ela deveria estar? Ou contemplar a morte é o mesmo que perder a esperança?

— Estar lá quando? — pergunta Nick, sonolento.
— Que horas são? Está cedo.
— Desculpa — diz Eve, em crescente angústia. — Eu só... eu só preciso saber que você vai estar comigo quando eu morrer. Preciso ouvir sua voz. Sua voz me relaxa. Além disso, você precisa me dizer o que fazer e para onde ir. Você me conhece... eu não tenho senso de direção. Vou acabar no lugar errado.

Nick cai na gargalhada, esfregando os olhos.

— Você vai acabar no lugar errado porque não estava com o GPS.

— Mas é sério — diz ela, a voz tensa de nervosismo. — Você não pode me deixar no final. Preciso ouvir sua voz.

— Claro que vou estar lá. Mas você vai levar um milhão de anos para morrer, então temos tempo para planejar. Seja como for, você provavelmente vai viver mais que eu, então será o contrário.

Há uma pausa, então Eve inspira fundo.

— Sério — diz ela, com uma voz diferente. — Nick, você já pensou nisso? Eu partindo?

Há outra pausa mais longa.

— Sim, já pensei nisso — admite Nick finalmente, também com uma voz diferente. — Claro que sim.

— Preciso fazer um testamento.

— Você tem um testamento. Mas precisamos conversar sobre algumas coisas, quando você estiver pronta.

— Outro testamento, então. E planos. E preparativos. Preciso planejar meu funeral — diz Eve, com uma urgência fervorosa. — Isso tem de ser uma prioridade.

— Precisa mesmo?

— Claro! Não é justo deixar tudo para você. Eu escolho a música e tudo mais. Os hinos e as leituras. Funerais tem o que mais?

— Eve, são só cinco da manhã — observa Nick. — Você acha que temos tempo para uma caneca de chá antes de finalizar os preparativos do seu funeral?

Eve sabe que ele está brincando com ela e solta uma risada relutante, mas o turbilhão ainda está lá, em sua cabeça. Ela está apavorada, só que não tem certeza do que exatamente tem medo.

— Eu tenho de ouvir sua voz no final — insiste ela. — Por favor, me promete isso.

— Eu prometo — diz Nick, e se inclina para abraçá-la. — Mas isso não vai acontecer tão cedo. Vamos acreditar nisso.

— E ainda fazer os preparativos.

— Podemos fazer as duas coisas. Nós dois podemos planejar um funeral e, ao mesmo tempo, acreditar que não vamos precisar dele por anos e anos. Todos saem ganhando. O funeral de Schrödinger.

— Ok — concorda Eve. — Vamos fazer isso.

— E agora vou preparar uma caneca de chá — diz Nick, saindo da cama. — Por que você não tenta voltar a dormir? E, então, podemos planejar seu funeral, seu memorial, seu testamento, seu seguro de vida e todas essas coisas deliciosas.

— Eu estou falando sério — diz Eve.

— Eu sei — diz Nick. — Eu também.

— A vida costumava ser mais divertida — comenta Eve.

— Sim. — Ele assente, sóbrio. — Concordo.

— Câncer é broxante, com os comprimidos, a químio e a morte.

— Sim — diz Nick, pensativo. — É uma merda. Mas *felizmente*...

Eve ri, porque "felizmente" é a palavra de ordem da família. Adicione-a a qualquer frase sombria, eles instruíram aos filhos, e vocês podem mudar as coisas, por exemplo:

Está chovendo. Mas *felizmente* todos nós trouxemos guarda-chuvas.

Eu odeio hóquei. Mas *felizmente* eu também jogo futebol.

Eu tenho câncer incurável. Mas *felizmente* meu último exame foi bom.

— *Felizmente* — reitera Nick —, sempre teremos uma caneca de chá.

— Sempre teremos uma caneca de chá — concorda Eve. — E, às vezes, torrada também. A vida não pode ser muito melhor que isso, pode?

O turbilhão abrandou. Eve está ansiosa por seu chá. O dia mal começou, mas ela já sente que aprendeu alguma coisa. Ela não conseguiria articular exatamente o quê... seus pensamentos já estão se dispersando... mas sabe que aprendeu. E é o que importa. Com certeza.

Conversas de manhã cedo
2

O que fazer ou não fazer antes de morrer, eis a questão

— Ilhas Galápagos — diz Nick, lendo em seu telefone.
— Machu Picchu. Agora que suas pernas estão fortes de novo, você poderia fazer isso. Ou as Pirâmides. O que é muito popular.

— Não posso voar, lembra? — diz Eve. — E não tenho certeza se conseguiria encarar a viagem até as Pirâmides de trem.

— Ok, então — concorda Nick. — Paris. Roma. Bruges. Leva as crianças. Viagem cultural.

— Pode ser — cogita Eve, pensativa. — Mas eu realmente não estou com vontade de viajar. O que mais diz aí?

— Conhecer uma celebridade.

— Já conheci celebridades — diz Eve, depois de pensar um segundo. — Elas não são tudo isso. São só pessoas normais, mas com mais maquiagem. O que mais?

— Saltar de paraquedas.

— De jeito nenhum. O que mais?

— Bungee jump.

— Não é praticamente o mesmo que saltar de paraquedas? O que mais?

— Casar.

— Feito — diz Eve, arrependida. — É uma pena, porque planejar um casamento seria uma distração muito boa. Sempre posso me casar de novo, acho. Conhecer alguém bonitinho no centro oncológico e me apaixonar. E, então, eu poderia escrever um romance chamado *Encontro na fila da químio*.

— Na verdade, "Escrever um romance" está na lista — argumenta Nick, olhando para o celular. — Mas acho que você já deu conta do recado. Também diz: "Procure prazeres sensoriais ou retorne àqueles que apreciou no passado." Quer que eu marque uma massagem para você?

— Eu queria encontrar uma marmelada muito boa — diz Eve, pensativa. — Como aquela deliciosa que comemos na Itália.

Nick solta uma gargalhada.

— Marmelada melhor. É isso que você quer fazer antes de partir? Você é o Urso Paddington?

Eve ri em resposta.

— Talvez eu não queira listar coisas para fazer. Acho que o que eu quero é apenas viver como nós já vivemos... sabe, fazer nosso trabalho e dar uma volta e assistir a *Come Dine with Me*... mas uma versão um pouco mais legal. Normal, mas melhor. Pode chamar de "Normal premium".

— "Normal premium" — repete Nick. — Gosto disso. Vamos mirar no normal premium em tudo o que fizermos. Então, quando formos assistir a um filme, fazemos um upgrade para ingressos de cinema um pouco melhores.

— Exatamente. E comemos comida melhor do que comeríamos normalmente.

— Quando assistirmos a *Come Dine with Me*, comemos petiscos exóticos — sugere Nick. — E, assim, elevamos a experiência.

— Exatamente. — Eve ri. — Vamos comer kiwi e fatias de manga. Nos julguem!

— Então sua lista de coisas a fazer é basicamente marmelada, kiwi, manga e *Come Dine with Me* — comenta Nick. — Você não é muito exigente, é? Eu estava esperando planejar toda a viagem para saltar de paraquedas em Machu Picchu.

— É mesmo? — Eve ri.

— Sim — diz Nick, o semblante repentinamente sério. — Qualquer coisa que você queira fazer, Eve. Qualquer coisa. Eu faço acontecer. De manga a Machu Picchu a... Não sei. Voar até a Estação Espacial.

— Ok, o lance é o seguinte — começa Eve, com sinceridade. — Na minha vida, fiz muitas coisas emocionantes, do tipo de listas-de-coisas-a-fazer-antes-de-morrer. Fiz viagens glamourosas e andei no tapete vermelho e nadei com golfinhos. Não preciso fazer mais nada disso. Só preciso estar por perto. Me divertir com as crianças. Me divertir com você. Encontrar nossos amigos. Pequenos prazeres.

— Você está chamando *Come Dine with Me* de pequeno prazer? — pergunta Nick, com falsa indignação.

— Claro que não. É o maior prazer da minha vida. — Eve solta outra risada. — Mas você sabe o que eu quero dizer.

— Sei o que você quer dizer. — Ele concorda. — Normal premium.

— Normal premium. — Ela pega o iPad e começa a digitar com rapidez, enquanto Nick a observa com curiosidade.

— O que você está fazendo? — pergunta ele.

— Estou começando uma das coisas que quero fazer antes de morrer, é claro — responde ela, e sorri para ele. — Procurando por marmelada chique.

Conversas de manhã cedo
3

Os primeiros sinais

— Todo mundo que tem câncer escreve um artigo — observa Eve um dia, folheando o *Daily Mail*. — As pessoas têm câncer, então escrevem um artigo dizendo "Esses foram os primeiros sinais do meu câncer", e alertam as pessoas. Escuta, aqui está um que se chama "Os cinco sinais mortais de um tumor cerebral". Será que eu escrevo um artigo assim?

— Talvez — responde Nick. — Você poderia fazer isso.

— Só que eu não sei quais são — argumenta Eve, passando os olhos pelo artigo. — Além das dores de cabeça. Quais foram meus primeiros sinais, no fim das contas? Como você achou que tinha algo realmente errado comigo?

Para Eve, a história começa quando já estava internada. É sua primeira lembrança de toda aquela montanha-russa: acordar em uma cama de hospital sem saber o que estava acontecendo e ouvir que ela ia fazer uma ressonância magnética do cérebro.

— Você começou a tropeçar — diz Nick. — Não conseguia andar. Cambaleava para todo o canto, e tombava para um lado, mesmo quando estava sentada em uma cadeira.

— Eu tive mudança de personalidade? — pergunta Eve. — Diz aqui, "Sinal Quatro: mudanças na personalidade, por exemplo, tornar-se temperamental e amargo". Eu estou temperamental e amarga?

Nick ri.

— Nem temperamental nem amarga. Ainda.

— Mas isso significa que, se eu agir assim, não é culpa minha — diz Eve, tendo um estalo. — Tenho passe livre para mudar de personalidade quando eu quiser. Excelente. Acho que vou ser desagradável e exigente.

— Você ficou meio descontrolada — responde Nick. — Antes de fazer o exame. Queria cortar o cabelo todo.

— Cortar meu *cabelo*? — repete Eve, incrédula.

— Você pegou a tesoura e me disse para fazer isso na cozinha. Ficava repetindo: "Corta tudo." Eu não sabia o que fazer.

— Meu Deus — suspira Eve. — Isso é surreal. — Então ela solta uma risadinha repentina. — Espere um pouco, Nick. Você percebe que está basicamente me descrevendo depois de uma noite com as minhas amigas? Cambaleando, caindo da cadeira e dizendo que preciso mudar o corte de cabelo.

— Justo! — Nick começa a rir também. — Agora que você falou...

— Na verdade, temos certeza de que tudo isso foi um tumor? — Eve solta outra risadinha. — Talvez tenha sido só uma ressaca muito forte. Na verdade, esse poderia ser meu artigo para o *Daily Mail*. Eu poderia chamá-lo de "Tumor Cerebral ou Ressaca? Um Guia Prático".

— "Tumor ou Tequila?" — colabora Nick, e Eve ri de novo, quase histericamente. Ela não dava uma boa gargalhada havia séculos; quase pensou que tivesse esquecido como fazer isso.

— Não é de admirar que não me deixem mais dirigir — diz ela, entre risadas. — Mas, enfim, me conte mais, porque não me lembro do que aconteceu. Eu cambaleei e caí da cadeira, então eles me mandaram fazer uma ressonância magnética.

— Exatamente.

— E, então, você sabia que eu tinha uma massa, mas não sabia que era cancerígena.

— Eu não sabia oficialmente que era cancerígena, mas... — Ele hesita. — Eu sabia. Quando me chamaram para uma salinha ao lado, imaginei que havia algo errado. Aí, quando o médico me disse que tinham encontrado alguma coisa, soube que era má notícia.

— Como? — pergunta ela, intrigada.

— Porque... — Nick faz uma pausa, como se estivesse se perguntando se deveria continuar, em seguida toma fôlego. — Porque ele estava chorando.

— *Chorando*? — Algo pesado parece martelar dentro de Eve e suas risadas desaparecem.

— Ele estava chorando. — Nick assente, e o silêncio parece encobri-los.

— O que aconteceu depois? — sussurra Eve.

— Eles tiveram de decidir se iriam operar ou não. O que acabaram fazendo. E, então, só precisávamos deixar você forte para a cirurgia.

— "Forte para a cirurgia" — cita Eve, tendo uma vaga lembrança súbita. — Como eles chamam isso mesmo? Pré-habilitação.

— Isso. Você fez sessões com a fisioterapeuta e ficou mais forte. Você *está* forte. Então isso é bom.

Nick soa otimista, porque ele sempre é, mas seu rosto está tenso, como se estivesse se lembrando de coisas difíceis, e o peito de Eve se aperta de tristeza.

— Isso é mais difícil pra você do que pra mim — diz ela de repente, os olhos se enchendo de lágrimas mais uma vez. — É mais difícil pra você.

— Não seja boba — diz Nick de imediato. — É mais difícil pra você. É você quem tem a doença.

— Mas é você quem... se eu morrer... vai cuidar das crianças... — Ela enxuga os olhos. — Quer dizer, vai ser fácil pra mim, não? Vou estar morta. Você ficou com a parte mais difícil.

— Ok — diz Nick, após uma longa pausa. — Digamos que é difícil pra nós dois.

Novas lágrimas escorrem pelo rosto de Eve enquanto ela imagina Nick, sozinho, sentado em um pequeno quarto de hospital, tendo de lidar com a notícia de que a esposa tinha um tumor fatal no cérebro, e sente uma raiva repentina. Raiva do próprio cérebro idiota; raiva do médico por preocupar Nick; raiva de tudo. Ela quer gritar e bater nas coisas. E se sente — mais uma vez — consumida pela culpa de ter sido a causa de tanta angústia. Ela sabe que o câncer não é culpa sua... é apenas azar. Mas o que ela aprendeu é que você pode sentir culpa por ter tido azar.

E, então, a culpa e a raiva fervilham em seu cérebro. Mas, ao mesmo tempo, ela se sente bastante calma, até porque, o que pode fazer? As coisas são como são. E poderia ser pior. Ela poderia já estar morta.

— Talvez eu dê ao meu artigo o título "Quer Cortar o Cabelo? Você Pode Ter Câncer" — diz ela, tentando soar normal. — Tenho certeza de que algum jornal vai comprar a ideia.

— Sem dúvida. — Ele sorri, e ela abre um sorriso triste, e os dois apertam as mãos, com força. E conseguem ficar quase uma hora sem voltar àquele assunto.

Conversas
de manhã cedo
4

Todas as ironias

— Você percebe como isso é irônico? — pergunta Eve em outra manhã, ajeitando a cabeça no travesseiro.

— O que é irônico? — pergunta Nick, sonolento.

— Antes de mais nada, podemos concordar que eu sou Eve Monroe, a rainha dos finais felizes.

— Concordo — diz Nick. — Você é a rainha dos finais felizes. Finais felizes compraram esta casa. — Ele gesticula ao redor. — Somos muito gratos aos finais felizes.

— Teve uma vez que eu estava fazendo um evento em uma livraria — evoca Eve —, e o entrevistador perguntou: "Você tentaria escrever algo diferente um dia?" Eu respondi, "Talvez eu escreva um livro com um final triste"... só como uma piada, na verdade... e uma mulher na primeira fila gritou, "Não!", totalmente em pânico. Foi muito engraçado.

Nick ri.

— Seus leitores adoram finais felizes.

— Claro que adoram. Eu também adoro finais felizes. Então inventei muitos deles. Mas agora eis a ironia: não posso inventar um final feliz na vida real para mim.

— Isso é muito irônico — concorda Nick. — Como seria seu final feliz na vida real?

— Deixa eu pensar um segundo — responde Eve, então inspira fundo. — Ok, vou te contar. Do nada, um ensaio clínico em Ottawa produz uma cura milagrosa envolvendo canabidiol, bem a tempo de a heroína do livro usar e ficar totalmente curada, cercada por sua família feliz. Eu escalaria George Clooney como o brilhante, mas incompreendido, oncologista, e seria interpretada por Emily Blunt. As crianças poderiam interpretar a si mesmas.

— Por que canabidiol?

Eve dá de ombros.

— Não sei. Parece bem "atual".

— Por que Ottawa?

— Para que role uma cena correndo pelo aeroporto. Todo mundo adora as cenas com alguém correndo pelo aeroporto nos filmes.

— Ok. Esse é um bom final — diz Nick. — Eu gostei.

— Também gostei. — Eve assente. — Seria uma boa e feliz reviravolta, bem no fim da história, quando todos perderam as esperanças.

— Eu não perdi as esperanças — diz Nick. — Só para você saber.

— Não, eu também não — admite Eve. — Mas as pessoas perdem a esperança. Pessoas pessimistas.

Por um tempo, os dois ficam quietos e há silêncio no cômodo, exceto por algumas pancadas vindas do quarto de Arthur, que fica bem acima do deles. Ele começou a levantar pesos, e as batidas são uma ocorrência regular.

— Aqui vai outra ironia para você — diz ela. — Meu cérebro foi o segredo do meu sucesso para escrever livros. Mas agora meu cérebro é exatamente o que está causando todos os problemas.

— Seu cérebro não tem meio-termo — concorda Nick. — Ou está fazendo coisas geniais ou muito estúpidas.

— Sim. — Eve concorda. — É um cérebro ridículo. Eu só queria ter mais controle sobre ele. Então eu poderia escrever meu próprio final feliz e fazer acontecer de verdade.

Há silêncio novamente, interrompido pelo som da música do quarto de Arthur, acompanhado por ainda mais baques surdos.

— Sabe o que mais é irônico? — pergunta Nick.

— O quê?

— Você odeia spoilers em livros e filmes. Nós dois odiamos. Mas, quando se trata disso aqui, tudo o que queremos, acima de qualquer coisa, é um spoiler. Queremos desesperadamente que os médicos nos deem um spoiler, mas eles não podem, porque também não sabem.

— Sim! — exclama Eve. — Exatamente. Eu quero *saber*. Sou romancista. Estou acostumada a ser Deus. Decido o final antes de começar.

— Às vezes você muda de ideia — observa Nick.

— Sim, mas a questão é que sou eu quem manda. Estou no controle de todo o meu universo. Enquanto na vida real...

— Não é você quem manda mais.

— Aparentemente, não. O destino é que manda. E não tem prévias. Tudo o que podemos fazer é esperar para ver o que acontece.

— Cada exame é uma reviravolta na trama.

— Pois é! — exclama Eve. — Cada exame é uma reviravolta na trama. Quando é mesmo meu próximo exame? — acrescenta ela, sentindo uma pontada repentina de nervosismo.

— Daqui a três semanas.

— Três semanas para esperar até que a trama se desenrole novamente... E sem spoilers.

— É — diz Nick, beijando-a. — Sem spoilers. É uma pena.

WhatsApp
Grupo de apoio da família de Eve

Querida Eve, parabéns por um ano de cirurgia, você conseguiu, muito bem!!!
Bj, Mamãe

Querida Eve,
Feliz craniversário!!!
Vejo você em breve para comemorar direito...
Bj, Ginnie

Querida Eve,
Você completou um ano! Está arrasando!!! Muito amor.
Bj, Imogen

Final feliz

Já se passaram quatorze meses desde o diagnóstico — e o mais importante é que ela ainda está firme. Ela teve outro exame "estável": o quarto agora. Quatro exames estáveis é bom. Quatro parece substancial.

Ela terminou a químio, se sente bem, tem muito mais energia, até começou a escrever de novo. Há mesmo algo errado ainda? Tudo parece inacreditável.

Está tão enérgica que Nick inscreveu a família inteira para uma caminhada beneficente. As camisetas chegaram pelo correio, todas vermelho-brilhante com THE BRAIN TUMOUR CHARITY estampado em branco, e no dia do evento todos se vestem com camisetas, tênis e calças de corrida.

O sol está brilhando quando chegam à igreja, em Londres, onde a caminhada vai começar. Há uma multidão de pessoas com camisetas vermelhas, balões vermelhos por todo lado e, em um palco com um sistema de som, um homem de camiseta vermelha está no meio de um discurso.

— Gostaria de agradecer a cada um de vocês por estarem aqui hoje — está dizendo. — Vocês estão apoiando a pesquisa e ajudando a melhorar os cuidados essenciais e o suporte para aqueles com tumores cerebrais. Juntos, podemos garantir que ninguém enfrente esse diagnóstico sozinho.

Quando Eve olha ao redor, fica impressionada com a quantidade de pessoas presentes — algumas com suas famílias, algumas sozinhas, algumas segurando cartazes com nomes. *Joanna. Simon. Mamãe.* Todas aquelas outras famílias afetadas pelo mesmo miserável azar.

Aquilo aquece seu coração, pensar em si mesma como integrante de uma comunidade, mesmo que não seja uma comunidade da qual ela teria escolhido fazer parte. Ela tira uma selfie com sua família, e espera que aquele dia seja uma lembrança preciosa para seus filhos. O dia em que eles deram algo em troca; o dia em que todos se uniram por uma boa causa.

— Então, por último, obrigado novamente por virem — agradece o homem no palco. — Aproveitem a caminhada e nos vemos na linha de chegada! Três, dois, um e... JÁ!

A multidão avança pelas ruas de Londres ao som de buzinas e aplausos, e logo forma uma torrente de camisetas vermelhas se movendo pelo Hyde Park. O ritmo é rápido, e Eve se sente animada por fazer parte daquilo.

— Estou no tapete vermelho de novo — diz ela a Nick, rindo, apontando para o mar de camisetas vermelhas. — Você se lembra de quando eu usei o andador? Parece que foi há séculos.

— Você foi muito bem.

— Eu me sinto normal. Sinto que não há nada de errado comigo. Talvez tenha sido tudo um grande engano.

Ela está tomando canabidiol agora, conforme recomendado por seu oncologista, e aquilo a faz se sentir animada também. Talvez seu final feliz fictício se torne realidade, embora provavelmente sem o George Clooney.

Conforme avança, cada vez mais rápido, ela sente uma onda repentina de otimismo. Tudo parece possível. *Claro* que ela vai ver as crianças crescerem. *Claro* que vai conhecer os netos. *Claro* que vai escrever mais livros. *Claro* que vai voltar para a quadra de tênis.

Se ela consegue andar dez quilômetros, então por que não deveria superar as expectativas? Ela teve muita sorte na vida... depois teve muito azar... então talvez a próxima tacada seja em direção à sorte.

— Continue! — grita um guia do evento próximo, com uma camiseta vermelha. — Você está indo muito bem! Continue!

— Ok! — Eve grita para ele, feliz. — Eu vou continuar!

E, naquele exato momento, é seu único objetivo na vida, o único final feliz que ela deseja. Apenas continuar.

Nota da Autora

Como é para você? é ficção, mas é minha obra mais autobiográfica até agora. A história da Eve é a minha história.

No outono de 2022, comecei a me sentir mal — e meus primeiros sinais de câncer foram os mesmos de Eve. Desde o cambalear, à cadeira de rodas, ao andador, à cirurgia, ao diagnóstico e além, tudo aconteceu praticamente como está escrito nestas páginas. Eu até pedi ao meu marido, Henry, para cortar o meu cabelo todo. (Não me lembro disso, mas ele diz que fui bem insistente!)

Fui submetida a uma operação de oito horas para remover meu tumor de tipo glioblastoma, e passei por quimioterapia e radioterapia subsequentes. Reaprendi a andar, a me equilibrar, a mover minha cabeça e a funcionar. Tal como Eve, fiquei muito angustiada por não conseguir me lembrar de nenhuma canção natalina, e dei duro para memorizar tudo outra vez, a tempo do Natal.

Por que ficcionalizei minha história? De uma forma estranha, isso me deu liberdade para ser honesta e crua. Tenho cinco filhos: Freddy, Hugo, Oscar, Rex e Sybella. De algum modo, foi mais fácil escrever sobre eles honestamente usando nomes fictícios. Eu me senti livre para mudar detalhes e fazer a história funcionar da melhor forma possível.

Porque, embora seja autobiográfico, nem todos os detalhes deste livro são verdadeiros. Alguns eventos aconteceram em uma ordem diferente, ou eu os alterei ligeiramente. Mas todas as invenções são insignificantes e não mudam a verdade essencial da história.

Vou dar um exemplo. Certa vez, realmente comprei um vestido de lantejoulas Jenny Packham, em uma boutique de Wimbledon Village, quando deveria estar escrevendo, e realmente fui pega no flagra quando Henry me ligou para saber como estava o processo de escrita e eu estava me vestindo. Eu realmente disse, "Se você comprar o vestido, a oportunidade vai surgir", no que acredito piamente até hoje. Acabei usando o vestido em uma festa que minha agência deu em minha homenagem, no restaurante The Ivy, e me senti como uma princesa. No entanto, na estreia de *Os delírios de consumo de Becky Bloom*, usei um vestido rosa Alexander McQueen. Mas para este livro, o vestido de lantejoulas parecia "destinado a ser" o traje para Eve usar na estreia, então foi assim que eu o escrevi. Este é o luxo da ficção — você está totalmente no controle. Você pode ajustar e alterar as coisas e ninguém vai apontar as imprecisões. Isso também foi útil, porque minha memória ainda é muito irregular e, às vezes, eu tive de inventar quando não lembrava.

Leitores atentos vão notar que o estilo deste livro é diferente dos meus romances usuais e, mais uma vez, essa foi a maneira mais natural para eu contar a história. Ela saiu de mim na forma de vinhetas, trechos e recortes da vida; de certa forma, eu não poderia contá-la de nenhum outro modo.

Por que escrevi um livro tão pessoal?

Sou uma criatura reservada, então pode parecer estranho que eu tenha revelado para o mundo tantas coisas pessoais. Mas sempre processei minha vida através da escrita. Escondida atrás de personagens fictícias, transformei minha história em narrativas. É esse o meu jeito de fazer terapia, acho. Escrever é meu porto seguro, e criar este livro, embora difícil às vezes, foi muito prazeroso e terapêutico para mim.

Com meu envolvimento nas redes sociais, encontrei muitos leitores que estão passando por lutas ou desafios semelhantes aos meus e de Eve. Espero realmente que o otimismo de Eve possa ser útil ou inspirador para qualquer um que esteja sofrendo com câncer ou outra doença, ou apoiando alguém que esteja passando por isso.

E, por fim, desejo a todos que estão lendo isto um final muito feliz.

Sophie Kinsella
Abril de 2024

Agradecimentos

Os agradecimentos são normalmente o lugar onde um autor grato reconhece a ajuda que teve na publicação de um romance. No entanto, neste caso, quero começar com minha gratidão por estar viva neste momento — e, por isso, preciso agradecer a alguns profissionais da saúde. O professor Andrew McEvoy fez a minha operação quando meu glioblastoma foi diagnosticado. Desde então, estou sob os cuidados do Dr. Michael Kosmin e do Dr. Paul Mulholland. Sou grata aos três profissionais por serem tão atenciosos e por apoiarem a mim e a Henry neste momento difícil. Também gostaria de agradecer aos muitos enfermeiros e à equipe médica que foram de grande suporte e ajuda, assim como ao Dr. Prashanth Reddy e ao Dr. Charles Middle na época do meu diagnóstico. Um muito obrigado também ao Dr. James Arkell.

E, agora, passemos para minha amada família editorial, que ajudou este livro a vir ao mundo, com tanto amor e cuidado. Araminta Whitley, Marina de Pass, Nicki Kennedy e Kim Witherspoon, obrigada por me representarem; amo todos vocês. Enormes agradecimentos aos meus editores, em particular Bill Scott-Kerr, Sarah Adams, Becky Short, Julia Teece, Jen Porter, Kim Young, Kate Samano, Whitney Frick, Joy Terekiev, Maria Runge, Andrea Best e Caroline Ast, por defenderem este livro com tanto entusiasmo, amor e sensibilidade.

A gentileza dos amigos comigo e com Henry me impressionou e eu gostaria de agradecer em particular a Stephen e Catherine Nelson, Roger e Clare Barron, Ana-Maria Rincon, Tom e Clare Downes, Jenny Colgan, Jojo Moyes, Lisa Jewell, Jenny Bond, Linda Evans, Hermione Norris, Kirsty Crawford, Nick e Naomi Hewitt, Clare Hedley, Emily Stokely e Theresa Ward, e a todos os outros que me deixaram uma mensagem carinhosa ou presentes, ou cuidaram das crianças, ou apenas me deram apoio moral.

Assim que fui diagnosticada, minha família logo entrou no modo prestativo, assim como a família de Eve, e devo agradecer a minhas irmãs, Gemma Malley e Abigail Parkhurst, e a minha mãe, Patricia Townley.

Meus filhos, Freddy, Hugo, Oscar, Rex e Sybella, têm sido um conforto contínuo, e todos nós fomos ajudados por Carol Vargas. Uma menção especial também a minha adorável nora, Lizzie.

Vários amigos foram particularmente legais com Henry e gostaríamos de agradecer a Liam Maxwell, Mark Birch, Chris Hancock, Mason Bain, Emma e Mike.

É possível que alguns de meus leitores sejam angariadores de fundos — através de instituições de caridade escolares, instituições de caridade corporativas ou doações privadas. A Brain Tumour Charity é uma organização real que faz muito bem e eu encorajo vocês a considerarem incluí-la em sua arrecadação de fundos.

E, por fim, aos meus maravilhosos leitores. Seu apoio e sua lealdade me deram mais ânimo do que eu poderia imaginar, e sou incrivelmente grata por todas as mensagens de incentivo e apoio que recebi. Muito obrigada e muito amor.

Sophie Kinsella

Este livro foi composto na tipografia Palatino Linotype,
em corpo 11,75 / 17, e impresso em
papel off-white no Sistema Cameron da
Divisão Gráfica da Distribuidora Record.